国防语言系列丛书

总主编　杨晓冬

日本古典文学鉴赏

华桂萍　编著

东南大学出版社
SOUTHEAST UNIVERSITY PRESS
·南京·

内容提要

本书分前篇和后篇两部分。前篇为日语"古典文法基础"，讲解了日语古文与现代文之间的关联及异同，指出学好日语古文是更好地理解和掌握现代文的基础，并重点针对与日语现代文法存在较大差异的日语古文文法作了简明清晰的讲解，为学习者进一步阅读古典文学名篇打下不可或缺的文法基础。后篇选取了八篇具有代表性的日本古典文学名篇，分别设置了作品评鉴、节选及详细注解、译文、重点语法与古文常识等栏目，力求通过对节选经典的详细解说，令学习者更好地把握日本古典文法的实际运用，更清晰地了解日本古典文学的脉络并能感受到其中的文字与文学之美，从而为进一步学习日本古典文学打下坚实的基础。

本书的对象是日语专业本科高年级学生以及有一定基础的日语学习爱好者，目的是帮助学习者掌握日语古文基础语法知识，并在此基础上提高对日本古典文学作品的理解与鉴赏能力。

图书在版编目(CIP)数据

日本古典文学鉴赏/华桂萍编著. —南京：东南大学出版社，2019.12(2021.8重印)
ISBN 978-7-5641-8727-9

Ⅰ.①日… Ⅱ.①华… Ⅲ.①古典文学-文学欣赏-日本 Ⅳ.①I313.062

中国版本图书馆CIP数据核字(2019)第282145号

日本古典文学鉴赏 Riben Gudian Wenxue Jianshang

编　著	华桂萍	**责任编辑**	刘　坚
电　话	(025)83793329　**QQ**:635353748	**电子邮件**	liu-jian@seu.edu.cn
出版发行	东南大学出版社	**出 版 人**	江建中
地　址	南京市四牌楼2号	**邮　编**	210096
销售电话	(025)83794561/83794174/83794121/83795801/83792174 83795802/57711295(传真)		
网　址	http://www.seupress.com	**电子邮件**	press@seupress.com
经　销	全国各地新华书店	**印　刷**	广东虎彩云印刷有限公司
开　本	787 mm×1092 mm　1/16	**印　张**	11　**字　数**　240千字
版　次	2019年12月第1版	**印　次**	2021年8月第3次印刷
书　号	ISBN　978-7-5641-8727-9		
定　价	49.00元		

总序

进入新世纪以来，战争形态正在发生深刻变化，越来越多地呈现为军事体系的对抗。国防语言作为军事体系中的一环，其重要性日益凸显。本世纪的几场战争表明：语言文化与政治、经济、军事等因素相互交织，在军事力量的建设和运用中的作用越来越突出，语言文化已经成为影响军事行动的重要因素。从战场实践看，美军在阿富汗战争和伊拉克战争中可以利用军事硬实力在短期内取得战场胜利，但是无一例外地陷入长期平叛维稳的僵局，安全环境恶化，战场胜利无法转化为战争胜利。美军从这两场战争中体会到一种新的对抗：文化的交锋。美军在当地的语言不通造成信息滞后、情报误读、行动受阻。显而易见，能否更好地适应异域陌生的、充满不确定性的语言文化环境，了解当地的政治架构、历史文化、民族宗教、政治派别以及各社会群体之间的关系，已成为影响战争结局的一个重要因素，未来战争对军人在语言文化能力方面提出了更高的要求。

随着我国"一带一路"倡议和我军"走出去"战略的持续推进，我军的涉外职能、使命任务不断拓展，赴外履行使命任务的机会日益增多。为保证赴外执行任务人员预防未知风险、顺利执行任务、展示良好军队素质和提升国家形象，提高我军的外语水平和跨文化交际能力已成为一个紧迫课题。我们必须清醒地认识到，国防语言能力就是战斗力，是新时代我军必须具备的重要战斗技能，是能打仗、打胜仗的重要支撑。

有鉴于此，我们编撰了这套"国防语言系列丛书"。该丛书以新时代军事教育方针为根本遵循，紧贴军事斗争需要，重在解决当前军校学员外国文化、国别、军政、新媒体知识匮乏，术语词汇量较小，对热点问题研究不够深入等系列问题。从国外一手外文资料中选择主题突出、原汁原味的语料素材，为读者拓展相关术语和背景知识，提高其外语阅读能力和思辨能力，拓展其文化、国别、军政与新媒体知识，培养读者对外文资料明智地选择、识别、解读、分析和批判的能力。

新时代的中国国防，在习近平强军思想的指引下，正沿着中国特色强军之路，向着全面建成世界一流军队的宏伟目标奋勇前进。我们有决心有信心有能力战胜一切困难挑战。此丛书的出版，将汇入实现中华民族伟大复兴的中国梦的滚滚洪流，为服务构建人类命运共同体贡献一份力量。

本丛书凝结着作者的汗水心血，得到了国防科技大学国际关系学院各级领导和各领域专家的支持与帮助，也得到了国防科技大学出版社、江苏人民出版社、东南大学出版社等出版机构的大力支持。在此，谨向为此丛书做出贡献的所有人士致以诚挚、深切的谢意。

由于本丛书编撰时间有限，书中难免有锤炼不足之处，恳请同行专家多提宝贵意见建议。

丛书编委会

2019 年 10 月于国防科技大学国际关系学院

前言

本书的对象是日语专业本科高年级学生以及有一定基础的日语学习爱好者，目标是帮助学习者掌握日语古文基础语法知识，并在此基础上提高对日本古典文学作品的理解与鉴赏能力。

现代日语与日语古文有着千丝万缕的联系，而1945年之前的政府公文乃至文学作品都是以“历史假名”与古文文体写成的，即便是“言文一致”运动之后诞生的近代文学作品中也存在大量古典语法现象的残留。因此，日语古文的重要性正如中文的文言文之于中国的大中小学生一样，直接关系到日语的综合运用以及广泛阅读的能力。想要真正掌握日语，古文是一门必修课。另一方面，由于我国大部分日语专业的学生都是从零基础开始学习日语，在短短两三年的学习之后，面对无论是词汇还是语法都与现代日语存在很大差异的古文，很容易望而却步。作者在多年的教学实践中对此深有体会，故而编纂此书时，在文字说明、段落选取、篇章排序等方面都做了相应设计，期冀通过精心选取的名篇段落的细致导读，令学习者由简而难，渐入佳境。

首先，本书采取了中文说明与日文解说相结合的方式，读者可以前后参照，兼顾日文能力的提高和理解、接受的效果。本书分前后两篇，前篇是对古典语法基础知识的简单梳理。为避免冗长繁复，这部分并未对日语语法体系进行面面俱到的介绍，而是将重点放在了与现代日语语法存在较大差异的“历史假名”以及活用词的用法等语法现象上。考虑到语法讲解相对枯燥，故前篇的讲解部分采用了中文，但图表中的部分依然使用日语。后篇则选取了日本古典文学作品中的名篇，并从中撷取日本人耳熟能详的经典段落进行详细解说。每篇包含四个部分。第一部分是对作品的简介与评鉴。为了给读者留下深刻印象，以便更好地掌握作品的内容与特点，这部分也是用中文撰写。第二部分是对节选段落的详细解说，具体到每一个重点字词、语法现象以及修辞、典故，并提供现代日语译文以作参考。第三部分是对作品中出现较多或比较重要的语法现象的梳理。第四部分是与作品相关的古文常识的介绍。第二、三、四部分均采用日文，可与前篇的中文介绍对照阅读，以便快速、准确地掌握古典语法的特点。

其次，本书的目的并非学习古代文学史，故而在选取导读文章时，无论在作品时代还是作品种类上都未求多求全，在篇章排序上也未按照文学史的时间顺序排列，而是考虑到中国学习者的特点和接受程度，选取了八篇日本文学史上的经典名篇，由简入难，循序渐进，以避免生涩的文字令学习者望而生畏。导读部分首先从文风简洁明快的《枕草子》入手，后续两篇"和汉混淆文"体的《平家物语》和《方丈记》。这两篇文章无论从修辞上的排比、比喻，还是从内容上的佛教无常观、中国古代历史人物的出现以及汉诗文的引用，都比较容易令中国的学习者产生亲近感，理解起来相对容易，并在此基础上进入单词、语法都比较陌生的假名文学作品的学习。首先是故事性较强的《竹取物语》和《伊势物语》，这两篇是日本古代文学史上"传奇物语"和"歌物语"的代表之作，比较能够引起学习者的兴趣。继而出现的是江户时代的著名纪行文学作品，虽然在词汇、语法上有一定难度，但其中的中国元素依然是吸引中国学习者的一个亮点。"拟古文"体的《徒然草》是日本文学史上的三大随笔之一，理解它需要一定的词汇和语法基础。最后的《源氏物语》乃是日本古典文学的集大成之作，其中的词汇、语法以及敬语的使用也是对学习者学习效果的一次检验。

通过这样一个由简入难、循序渐进的过程，若能令学习者一步步走近古典，进而欣赏和热爱古典，则乃作者之幸。

目录

前篇　古典文法基础

后篇　古典文学导读

前篇

古典文法基础

一 「文語」与「口語」

(一) 从「文語」到「口語」

日语同世界上其他各国语言一样，可分为用声音表达的口头语言和用文字表达的书面语言两种。口头语言又分为古代口头语言和现代口头语言两种，而书面语言也同样可再分为古文和现代文两种。日语的古文按时代不同又有古代古文和近代古文之分，前者指明治时代以前的古文，多用日语固有词汇，故较难读懂，后者则指明治时代及其以后直至二战结束以前的古文，因其中多用汉语词汇，所以对于中国的日语学习者而言较易理解。在日语中，常把现代日语包括口头语言和书面语言统称为「口語」，而把古代的口头语言和书面语言包括近代古文统称为「文語」。相应地，在语法研究方面也存在两种不同的体系——「文語文法」与「口語文法」。所谓「文語文法」是以平安时代特别是 11 世纪初的物语、和歌中所使用的语言为中心归纳总结出来的语言规律，当然也会适当融入之后各个时代的语言要素。

一般来说，书面语言相对比较固定，而口头语言则会随着时代的变迁而不断发生变化。在汉字传入日本之前，日本人只有口头语言而没有书面语言。自从汉字传入日本、日本人据此创造出自己的文字——“假名”(「仮名」)之后，日语也出现了口头语言和书面语言的区别。但在 10 世纪的平安时代中期之前，日语的口头语言和书面语言之间并没有太大差别。自 10 世纪末起，日语的口头语言和书面语言开始发生分化。到了 12 至 16 世纪的镰仓、室町时代，其间的差别日益显著。及至 17 世纪的江户时代，日语的书面语言已经产生两种文体——「文語体」和「口語体」。「文語体」主要用于天皇的诏勅、官府的公文法令以及文人的和歌等，而「口語体」则多用于新兴的町人文学，尤其是各类小说等。自明治时代初期起，日本兴起了所谓“言文一致运动”，即主张用接近口头语言的文字来书写文章，其后经过二叶亭四迷、山田美妙、尾崎红叶等人的文学实践，至明治末年「口語体」已经作为小说的文体得以确立并逐渐普及。不过，官厅、司法界以及军部等部门大多依然沿袭一直以来的「漢文体」(中国文言文的文体)及「文語体」，直至二战结束，日本政府于 1946 年下令取消「文語体」，日语的文体口语化的任务方才在普遍范围内最后完成。

(二)「口語」中的「文語」现象

如前所述，直到1946年废除「文語体」之前，日本的大量古典文献乃至近代公文等正式文书均采用「文語体」，即便是「口語体」写就的近代文学作品在1946年文字改革前也是用「歴史的仮名遣い」标记，其中也难免夹杂着一些「文語文法」的残留，如果对「文語」一窍不通，根本无法阅读上述史料文献及文学作品。不仅如此，由于现代日语是从古文演变而来，因此我们在现代日语中也难免会碰到一些与古文有关的现象。例如，在一些新闻报道特别是标题里会看到诸如「教師たるものの責任」(「たる」是文语断定助动词「たり」的连体形)等含有「文語文法」的表述；一些书名、作品名中也常见文语式的表达，例如川端康成晚年创作的中篇小说『眠れる美女』，这里的「眠れる」并非可能动词，而是文语四段活用动词「眠る」的已然形或者命令形后续完了助动词「り」的连体形「る」，因此译为《睡美人》而非《能睡的美人》。此外，一些谚语、惯用句中也保留了许多文语的语法现象，如「急がば回れ」(动词未然形后续接续助词「ば」是文语特有的语法现象)、「時は金なり」(「なり」是文语断定助动词)等。

实际上，在一些常见的现代日语语法现象中，文语的残留也俯拾皆是。例如「ず」「ぬ」「な」「む」「まい」「ゆえ」「ごとし・ごとき・ごとく」「べし・べき・べく」等等。以下试举几个现代日语中常用语法的例子来加以说明。

① あなたならでは出来ないことだ。
② ふるさとならではの味わいだ。

这里的「ならでは」是文语断定助动词「なり」的未然形「なら」后续接续助词「で」再加上系助词「は」构成的词组，其中的接续助词「で」在文语当中接在活用词的未然形后面表示否定的接续，相当于现代日语的「～ないで」「～ずに」。了解了这一点之后，我们就能比较轻松地理解和记住上述两个例句所对应的具体用法了，即：(1)《下に打ち消しを伴って》～でなくては。(2)《「一の」の形で》～しかない。～だけの。

③ なればこそ反省しなくてはならない。

这里的「なれば」并非如现代日语表示假设，而是文语的断定助动词「なり」的已然形后续接续助词「ば」表示原因、理由的用法，即相当于现代日语的「それだから」「だから」。

④ 一日も早く自分の店を持たんがために、必死で働いているのだ。
⑤ これも勝たんがための練習だから、頑張るしかない。

上面这两个例句中的「～んがため(に)/んがための」，「ん」接在活用词的未然形后面，是文语推量助动词「む」的拨音化。

以上各种语法现象都是在高年级阶段经常会接触到的内容，在经过一定阶段的古文训练之后，学生理解和运用相关语法的能力将会得到显著提高。

（三）「文語」与「口語」的主要不同

1.「文語」与「口語」的表记及发音不同

日本人原本并没有自己的文字，自从汉字传入之后，他们以汉字为基础创造出了自己的文字——“假名”并用以表记发音。最初以假名表记的文字是按照实际的发音书写，但至平安时代中期以后，语音变化逐渐增大，而文字则很少改变，两者之间的脱离现象日益明显。直到1946年日本政府公布了「現代仮名遣い」（现代假名用法），以“按实际发音标注文字”为原则，才令日语发音与假名文字重新趋于一致或接近。与之相对，之前所采用的假名用法被称为「歴史的仮名遣い」（历史假名用法）。例如：「やうやう白くなりゆく山ぎは」（『枕草子・春はあけぼの』）中的「やうやう」「ぎは」就属于「歴史的仮名遣い」，转换为「現代仮名遣い」的话就写作「ようよう」「ぎわ」。

2.「文語」与「口語」的词汇不同

词汇随着时代的发展也存在变化流转的现象。有许多从前在「文語」里用过的词汇在「口語」里不再使用，成为了“死语”；有些在「文語」和「口語」里都使用的词汇，但意义却发生了变化；还有在以前的「文語」里未曾出现过，后来在「口語」里新产生的大量词汇。「文語」与「口語」在词汇方面的不同大致有以下四种情况：

（1）「文語」里使用过而「口語」里不再使用的词汇，这类词汇数量较多。例如：「さがし」（＝険しい）、「しび」（＝マグロ）、「けり」（过去助动词）等等。

（2）意义不同的词汇。这类词尽管词形相同，但用在「文語」和「口語」里时意义却不尽相同。例如：「口語」形容词「うつくしい」是“美丽”的意思，而「文語」形容词「うつくし」（＝かわいい）则有时是“可爱”的意思。

（3）与「口語」意义相同而词形略有不同的词汇。例如「しまらく」（＝しばらく）、「うも」（＝芋（いも））。

（4）在「文語」里未曾出现过而只存在于「口語」里的词汇，例如现代日语里大量存在的外来语、新的流行语等等。

3.「文語」与「口語」的语法修辞不同

在语法修辞方面，「文語」和「口語」也有诸多不同。在语法方面，「文語」动词的活用分为九种，形容词、形容动词的活用各有两种，而「口語」动词的活用只有五种，形容词和形容动词的活用只有一种。此外，「文語」助动词的种类和活用相较于「口語」也更为复杂。关于「文語」活用词的用法，将在后面的章节中详细阐述。

除了活用词的用法之外,「文語」中值得注意的语法修辞现象还有以下几点:

(1) 作为书面语言而言,「文語」除了极特殊的情况之外很少使用表示主格、宾格等的格助词「が」「を」等。例如,在「今は昔、竹取の翁といふものありけり。」(『竹取物語・かぐや姫のおひたち』)一句中「もの」的后面就省略了格助词「が」。

(2) 除了上述格助词「が」「を」的省略之外,「文語」中还经常出现主语和谓语的省略。例如,在「世界の男、あてなるもいやしきも」(『竹取物語』)中,两个意义相对的形容词连体形「あてなる」和「いやしき」的后面就各省略了一个体言「もの」;在「夏は夜。月の頃はさらなり。やみもなほ、ほたるの多く飛びちがひたる。また、ただ一つ二つなど、ほのかにうち光りて行くもをかし。」(『枕草子・春はあけぼの』)中,「夏は夜」「飛びちがひたる」的后面都省略了谓语「がをかし」。

(3)「文語」的复合动词中间往往可插入助词,而「口語」中则没有这样的用法。例如,在「思ひこそ寄らざりつれ。」(『枕草子・雪のいと高う降りたるを』)中,「思ひ寄る」这个复合词的中间就插入了系助词「こそ」。

(4)「文語」里讲求「係り結びの法則」(系结法则),「口語」里则没有这种用法。例如「何事も入り立たぬさましたるぞよき」(『徒然草・七九』),系助词「ぞ」用在句中时,句末要求以活用词的连体形「よき」结句;而在上一个例句「思ひこそ寄らざりつれ。」中,由于句中出现了系助词「こそ」,因此句末要求以活用词的已然形「つれ」结句。

(5)「文語」主要是和歌里有"枕词""序词"等修辞方法,而「口語」里则没有。例如:「あしひきの山鳥の尾のしだり尾の長長し夜を一人かも寝む」,「あしひきの」是「山」的"枕词",「あしひきの…しだり尾の」是「長長し」的"序词"。

掌握了「文語」的上述特点,必将有利于我们提高古文读解能力。下面就从「文語」的表记发音、活用词的分类及其用法等方面分别介绍「文語」与「口語」不同的特点。

二 「文語」的表记与发音

如前所述，不仅是「文語文」，即便是 1946 年以前的「口語文」也都采用「歴史的仮名遣い」。虽然在「現代仮名遣い」公布之后，各类公文、一般出版物以及报纸等公共传媒都开始采用新的表记法，但直至 1970 年之后，小说、诗歌等具有个人特征的出版物才普遍以「現代仮名遣い」来书写，而俳句、短歌等基于「文語文法」的传统诗歌一般依然采用「歴史的仮名遣い」。「歴史的仮名遣い」虽然已不再被运用于现代「口語文」，但作为承载着日本历史与文化的重要载体一直受到日本人的重视。正如日本政府在 1986 年发布的「現代仮名遣い」中强调："历史假名用法与我国的历史与文化密切关联，故应予以尊重。"

学习「歴史的仮名遣い」，首先要了解古文的五十音图。

表 1　五十音図

わ	ら	や	ま	は	な	た	さ	か	あ
ゐ	り	い	み	ひ	に	ち	し	き	い
う	る	ゆ	む	ふ	ぬ	つ	す	く	う
ゑ	れ	え	め	へ	ね	て	せ	け	え
を	ろ	よ	も	ほ	の	と	そ	こ	お

与「現代仮名遣い」相比，需要注意的是「ア」行、「ヤ」行与「ワ」行。

「ア」行的「あ・い・う・え・お」与「現代仮名遣い」相一致。

「ヤ」行的「や・い・ゆ・え・よ」中的「い」「え」与「ア」行重叠。

「ワ」行的「わ・ゐ・う・ゑ・を」中的「う」与「ア」行重叠。「ゐ」「ゑ」是「現代仮名遣い」中没有的。

因此，古文的五十音图中实际有 47 个清音，而在十世纪末平安时代中期出现的「いろは歌」(色｛いろ｝は匂｛にほ｝へど　散｛ち｝りぬるを　我世誰｛わがよたれ｝ぞ常｛つね｝ならむ　有為｛うゐ｝の奥山｛おくやま｝　今日｛けふ｝越｛こ｝えて浅｛あさ｝き夢見｛ゆめみ｝じ　酔｛ゑ｝ひもせず)就是用这 47 个清音组成的。再加上「が、ざ、だ、ば」行的 20 个浊音，当时日语的音节数总计有 67 个。

「歴史的仮名遣い」在古文中的发音规则如下：

(一) 短音

1. ハ行

(1)「歴史的仮名遣い」中的「は・ひ・ふ・へ・ほ」如果在单词的第二音及之后，一般读作“wa・i・u・e・o”，在「現代仮名遣い」中除了助词「は、へ」之外写作「わ・い・う・え・お」。

例如：あはれ → あわれ(哀れ)

こひ → こい(恋い)

いふ → いう(言う)

うへ → うえ(上)

かほ → かお(顔)

(2) 复合词按照原来的单词发音。

例如：「あさひ」(朝日)由「あさ」与「ひ」复合而成，因此仍然读作“asahi”，「現代仮名遣い」写作「あさひ」，而非「あさい」。

例外：

① 读音无变化。

例如：はは(母)　はなはだ(甚だ)　そこはかとなし　やはり　あひる　あふれる　ほふる　まほし　ほほゑむ

②「ふ」读作「お」。

例如：「あふる」 → 「あおる」(煽る)

「あふひ」 → 「あおい」(葵)

「たふす」「たおす」(倒す)

2. ワ行

「ゐ・ゑ・を」读作“i・e・o”，「現代仮名遣い」写作「い・え・お」。

例如：「ゐど」 → 「いど」(井戸)

「ゑんりょ」 → 「えんりょ」(遠慮)

「をかし」 → 「おかし」

3. ダ行

(1)「ぢ・づ」读作(ji・zu)，「現代仮名遣い」写作「じ・ず」。

例如：「ぢめん」 → 「じめん」(地面)

「よろづ」 → 「よろず」(万)

(2) 在复合词中或在同音重叠的情况下后面的音节由清音变为浊音，即发生了「連濁」

现象时,「ぢ」「づ」不发生变化。

例如:「かなづかひ」 → 「かなづかい」(仮名遣い)

「つれづれぐさ」 → 「つれづれぐさ」(徒然草)

「ゐづつ」 → 「いづつ」(井筒)

4. む

(1) 助动词「む」「らむ」「けむ」等的「む」常读作"n",「現代仮名遣い」写作「ん」。

例如:「逢はむ」 → 「あわん」

「～せむ」 → 「～せん」

「ありけむ」 → 「ありけん」

(2)「おむな」「をむな」「かむなづき」「かむ(神)」「やむごとなし」「いむべ」「よむべ」等单词中の「む」也读作"n",「現代仮名遣い」写作「ん」。

例如:「をむな」 → 「おんな」(女)

「いむべ」 → 「いんべ」(斎部)

「やむごとなく」 → 「やんごとなく」

(3)「むま(馬)」「むめ(梅)」等单词中的「む」可读作「う」。

(二) 长音

1. ア段

「ア段＋う(ふ)」 → 「オ段＋う」 〔現代仮名遣い〕

「(子音)a(f)u」 → 「(子音)o-」 〔発音〕

例如:「あふぎ」 → 「おうぎ」(扇)

「たふとし」 → 「とうとし」(尊し)

「まうす」 → 「もうす」(申す)

「やうやう」 → 「ようよう」

例外:

(1) 古文中的「あふ(会ふ)」「かふ(買う・交ふ)」等动词原则上读作"o-""ko-",也可以按照现代的发音读作"au""kau",「現代仮名遣い」写作「あう」「かう」,也就是说可能出现「現代仮名遣い」与读音不一致的情况。

例如:「たまふ」 → 「たまう」(給う・賜う)〔現代仮名遣い〕→"tamo-・tamau"〔発音〕

「あたふ」 → 「あたう」(与ふ)〔現代仮名遣い〕→"ato-・atau"〔発音〕

「ねがふ」 → 「ねがう」(願う)〔現代仮名遣い〕→"nego-・negau"〔発音〕

「したがふ」 → 「したがう」(従う)〔現代仮名遣い〕→“shitago-・shitagau”
〔発音〕

(2)「あふひ」「あふぐ」「あふむく」「あふる」「たふす」「たふれる」等单词中的「あふ」「たふ」读作「あお」「たお」。

(3)「あふれる」「はふり」等单词中的「あふ」「はふ」读音不变。

2. イ段

「イ段＋う(ふ)」 → 「イ段＋ゅ＋う」〔現代仮名遣い〕
「(子音)i(f)u」 → 「(子音)yu-」〔発音〕
例如:「いうげん」 → 「ゆうげん」(幽玄)
「あやしう」 → 「あやしゅう」
「しふねん」 → 「しゅうねん」(執念)

例外:虽然「言ふ」读作「ゆう」,但是「現代仮名遣い」却写作「いう」。
「しふ(強ふ・誣ふ)」→「しう」〔現代仮名遣い〕→“shiu”〔発音〕
「きふ(来経)」→「きふ」〔現代仮名遣い〕→“kifu”〔発音〕

3. ウ段

「ウ段＋う(ふ)」 → 「ウ段＋う」〔現代仮名遣い〕
「(子音)u(f)u」 → 「(子音)u-」〔発音〕
例如:「くふ」 → 「くう」(食う)
「ゆふなみ」 → 「ゆうなみ」(夕波)
「しふねん」 → 「しゅうねん」(執念)

例外:ワ行下二段动词「うう(植う)」「うう(飢う)」「すう(据う)」不读长音。

4. エ段

「エ段＋う(ふ)」 → 「イ段＋ょ＋う」〔現代仮名遣い〕
「(子音)e(f)u」 → 「(子音)yo-」〔発音〕
例如:「せうと」 → 「しょうと」(兄人)
「えうなし」 → 「ようなし」(用なし)
「けふ」 → 「きょう」(今日)
「てふ」 → 「ちょう」(蝶)

例外:「ゑふ(酔ふ)」既可以按以上原则读作“yo-”,也可以读作“eu”,「現代仮名遣い」写作「よう」或「えう」。
「うれふ(憂う)」读作“ureu”,「現代仮名遣い」写作「うれう」。
「ゑふ(衛府)」读作“efu”,「現代かな遣い」写作「えふ」。

5. オ段

「オ段＋う(ふ)」 → 「オ段＋う」〔現代仮名遣い〕

「(子音)o(f)u」 → 「(子音)o-」〔発音〕

例如:「おもふ」 → 「おもう」(思う)〔現代仮名遣い〕→“omo-”〔発音〕

「にほふ」 → 「におう」(匂う)〔現代仮名遣い〕→“nio-”〔発音〕

(三) 汉字音

1. 在汉字的音读中将「きやう、しやう、ちやう、…」等ア段拗音读作“kyo-、sho-、cho-、…”等オ段拗音,「現代仮名遣い」写作「きょう、しょう、ちょう、…」。

例如:「きやうだい」 → 「きょうだい」(兄弟)

「たいしやう」 → 「たいしょう」(大将)

「ちやうちやう」 → 「ちょうちょう」(町長)

2. 汉字音读中的「くわ」「ぐわ」读作“ka”“ga”,「現代仮名遣い」写作「か」「が」。

例如:「くわじ」 → 「かじ」(火事)

「ぐわんじつ」 → 「がんじつ」(元日)

「くわでんしよ」 → 「かでんしょ」(花伝書)

(四) 促音「っ」与拗音「ゃ」「ゅ」「ょ」

「歴史的仮名遣い」中并没有小写的「っ」与「ゃ」「ゅ」「ょ」,一般都是用大写的「つ」「や」「ゆ」「よ」来标记,需要根据上下文来判断应该读作大写的音还是小写的音。

例如:「あつた」 → 「あった」

「ちやんと」 → 「ちゃんと」

三　用言的活用及其种类

用言是在独立词中“词尾有活用、能够单独构成谓语”的词的总称，包含动词、形容词、形容动词这三类。如前所述，「文語」与「口語」在语法方面最大的不同就在于「文語」动词的活用分为九种，形容词、形容动词的活用各有两种，即用言的活用总计有十三种。而「口語」动词的活用只有五种，形容词和形容动词的活用都只有一种，总计只有七种。下面分别介绍动词、形容词、形容动词的活用及其种类。

(一) 动词

「文語」动词按照其活用的种类可分为两大类：「正格活用」和「变格活用」。其中「正格活用」有五种：「四段活用」「上一段活用」「上二段活用」「下一段活用」「下二段活用」；「变格活用」有四种：「カ行变格活用」「サ行变格活用」「ナ行变格活用」「ラ行变格活用」。除了「ラ行变格活用」动词的终止形以「リ」结尾之外，其他动词的终止形都以「ウ段」结尾。

1.「四段活用」

「四段活用」就是词尾在「ア・イ・ウ・エ」四段上活用的动词，如「歩く」「書く」「急ぐ」「出す」「待つ」「笑ふ」等。多为表示基本动作的词，在动词中为数最多，词尾涵盖了「カ・ガ・サ・タ・ハ・バ・マ・ラ」八行，其活用和意思基本相当于「口語」的「五段活用」。

四段活用表

例語	行	未然形	連用形	終止形	連体形	已然形	命令形
言ふ	ハ行	い・は	い・ひ	い・ふ	い・ふ	い・へ	い・へ
書く	カ行	か・か	か・き	か・く	か・く	か・け	か・け
下接語例		ズ	タリ	。	トキ	ドモ・バ	。

2.「上一段活用」

「上一段活用」就是词尾仅在「イ」段上活用的动词，为数不多，仅十几个，分布在「カ・ナ・ハ・マ・ヤ・ワ」六行。如：

(1) (カ行)：「着(き)る」

(2)（ナ行）:「似(に)る」「煮(に)る」

(3)（ハ行）:「干(ひ)る」「嚔(ひ)る」

(4)（マ行）:「見る」「廻(み)る」

(5)（ヤ行）:「射(い)る」「鋳(い)る」「沃(い)る」

(6)（ワ行）:「居(ゐ)る」「率(ゐ)る」

以及如「顧(かへり)みる」「試(こころ)みる」「鑑(かんが)みる」「率(ひき)ゐる」「用(もち)ゐる」等一般由词尾「みる」「ゐる」构成的复合词。

「文語」的「上一段活用」与「口語」的「上一段活用」词尾变化相同，只是「口語」的命令形是由词干接「よ」或「ろ」构成，而「文語」只有一种接「よ」的形式。

上一段活用表

例語	行	未然形	連用形	終止形	連体形	已然形	命令形
見る	マ行	み	み	みる	みる	みれ	みよ
居る	ワ行	ゐ	ゐ	ゐる	ゐる	ゐれ	ゐよ
下接語例		ズ	タリ	。	トキ	ドモ・バ	。

3.「下一段活用」

「下一段活用」就是词尾仅在「エ」段上活用的动词，其词尾变化与「口語」的「下一段活用」相同，只是「口語」的命令形是由词干接「よ」或「ろ」构成，而「文語」只有一种接「よ」的形式。「文語」的「下一段活用」只有一个动词「蹴(け)る」（カ行）。

下一段活用表

例語	行	未然形	連用形	終止形	連体形	已然形	命令形
蹴る	カ行	け	け	ける	ける	けれ	けよ
下接語例		ズ	タリ	。	トキ	ドモ・バ	。

4.「上二段活用」

「上二段活用」就是词尾在「イ」和「ウ」这两段上变化活用的动词，如「生く」「過ぐ」「恋ふ」等。「上二段活用」动词分布在「カ・ガ・ザ・タ・ダ・ハ・バ・マ・ヤ・ラ」各行，但是数量并不多。如:「生(い)く」「起(お)く」「尽(つ)く」「過(す)ぐ」「落(お)つ」「満(み)つ」「閉(と)づ」「恥(は)づ」「恋(こ)ふ」「強(し)ふ」「帯(お)ぶ」「伸(の)ぶ」「綻(ほころ)ぶ」「恨(うら)む」「老(お)ゆ」「悔(く)ゆ」「報(むく)ゆ」「下(お)る」「懲(こ)る」「旧(ふ)る」等。

「文語」的「上二段活用」在「口語」中都属于「上一段活用」，但活用法并不相同。如下表所示，「上二段活用」的终止形、连体形、已然形不同于「口語」的「上一段活用」。

需要注意的是:「飽く」「足る」「借る」这三个词是「四段活用」而非「上二段活用」,而有些动词既可以是「四段活用」也可以是「上二段活用」,如:「生く」「恨む」等。

上二段活用表

例語	行	未然形	連用形	終止形	連体形	已然形	命令形
生く	カ行	い・き	い・き	い・く	い・くる	い・くれ	い・きよ
恋ふ	ハ行	こ・ひ	こ・ひ	こ・ふ	こ・ふる	こ・ふれ	こ・ひよ
下接語例		ズ	タリ	。	トキ	ドモ・バ	。

5.「下二段活用」

「下二段活用」就是词尾在「エ」和「ウ」这两段上变化活用的动词,其数量众多,仅次于「四段活用」,分布在「ア・カ・ガ・サ・ザ・タ・ダ・ナ・ハ・バ・マ・ヤ・ラ・ワ」十四行。如:「受く」「助く」「告ぐ」「失す」「交ず」「捨つ」「出づ」「考ふ」「答ふ」「比ぶ」「述ふ」「求む」「治む」「覚ゆ」「越ゆ」「生まる」「枯る」「植う」「飢う」「据う」等。

需要注意的是,有些动词既有「下二段活用」也有「四段活用」,如:「立つ」「生く」「頼む」「慰む」「被く」「満つ」「止む」等。而「得」「寝」「経」是三个没有词干词尾之分的「下二段活用」动词。

「文語」的「下二段活用」在「口語」中都属于「下一段活用」,但活用法并不相同。如下表所示,「下二段活用」的终止形、连体形、已然形也不同于「口語」的「下一段活用」。

下二段活用表

例語	行	未然形	連用形	終止形	連体形	已然形	命令形
捨つ	タ行	す・て	す・て	す・つ	す・つる	す・つれ	す・てよ
寝	ナ行	ね	ね	ぬ	ぬる	ぬれ	ねよ
下接語例		ズ	タリ	。	トキ	ドモ・バ	。

6.「ナ行変格活用」

「ナ行変格活用」(简称「ナ変」)是「文語」所特有的,词尾在「ア・イ・ウ・エ」四段上活用,只有「死ぬ」「往ぬ」(也可以写作「去ぬ」)这两个动词。

「文語」的「ナ行変格活用」在「口語」中属于「五段活用」动词,其连体形、已然形不同于「口語」。

ナ行変格活用表

例語	行	未然形	連用形	終止形	連体形	已然形	命令形
死ぬ	ナ行	し・な	し・に	し・ぬ	し・ぬる	し・ぬれ	し・ね
往ぬ	ナ行	い・な	い・に	い・ぬ	い・ぬる	い・ぬれ	い・ね
下接語例		ズ	タリ	。	トキ	ドモ・バ	。

7.「ラ行変格活用」

「ラ行変格活用」(简称「ラ変」)也是「文語」所特有的,词尾在「ア・イ・ウ・エ」四段上活用,只有「あり」「居り」「侍り」「いまそかり」(也作「いまそがり・いますかり・いますがり」等)这四个动词以及由「あり」同其他词复合组成的派生「ラ変」动词,如「さり」(「さ」+「あり」)「かかり」(「かく」+「あり」)「しかり」(「しか」+「あり」)「持たり」(「持ち」+「あり」)等。

「文語」的「ラ行変格活用」在「口語」中属于「五段活用」动词,只是其终止形不同于「口語」。

ラ行変格活用表

例語	行	未然形	連用形	終止形	連体形	已然形	命令形
あり	ラ行	あ・ら	あ・り	あ・り	あ・る	あ・れ	あ・れ
侍り	ラ行	はべ・ら	はべ・り	はべ・り	はべ・る	はべ・れ	はべ・れ
下接語例		ズ	タリ	。	トキ	ドモ・バ	。

8.「カ行変格活用」

「文語」的「カ行変格活用」(简称「カ変」)动词同「口語」一样只有一个「来」,词干词尾不分,在「イ」「ウ」「オ」三段上活用。此外,「来」同其他词组成的许多复合动词也属于「カ行変格活用」,如「帰り来」「詣で来」「出で来」等。

需要注意的是,「文語」「カ行変格活用」的终止形、命令形不同于「口語」。

カ行変格活用表

例語	行	未然形	連用形	終止形	連体形	已然形	命令形
来	カ行	こ	き	く	くる	くれ	こ(よ)
下接語例		ズ	タリ	。	トキ	ドモ・バ	。

9.「サ行変格活用」

「サ行変格活用」(简称「ナ変」)只有「す」和「おはす」这两个动词,「す」也是词干词尾不分。但是,「す」的造词能力强大,由其构成的复合动词众多,按其构成可分为以下两大类:

(1)〔漢語＋す〕

「具す」「啓す」「念ず」「論ず」「叱責す」など

(2)〔和語＋す〕

①〔名詞＋す〕:「心す」「物す」「あるじす」など

②〔動詞＋す〕:「使ひす」「尽きす」など

③〔形容詞＋す〕:「愛しうす」（「愛しく＋す」のウ音便）

「疎んず」（「疎く＋す」の撥音便）など

〔形容動詞＋す〕:「明らかにす」など

需要注意的是「念ず」「論ず」「疎んず」等复合「サ変」动词，其词尾由于发生了「連濁」现象而由「す」变为了「ず」，但依然属于「サ行変格活用」。

「サ行変格活用」词尾在「イ」「ウ」「エ」三段上变化，其终止形不同于「口語」，未然形、命令形种类少于「口語」。

サ行変格活用表

例語	行	未然形	連用形	終止形	連体形	已然形	命令形
す	サ行	せ	し	す	する	すれ	せよ
おはす	サ行	おは・せ	おは・し	おは・す	おは・する	おは・すれ	おは・せよ
下接語例		ズ	タリ	。	トキ	ドモ・バ	。

(二) 形容词与形容动词

1. 形容词的活用及其种类

「文語」形容词根据其活用特点分为两类:「ク活用」与「シク活用」，每一种活用之下又有「基本活用」与「カリ活用」(「補助活用」)之分。所谓「カリ活用」主要是为了便于后接助动词而由形容词的连用形「く」＋「あり」约音而来。

(1)「ク活用」

「ク活用」多是一些表示客观状态的形容词，如:「高し」「長し」「幼し」「寒し」等，与「口語」之间的意义变化较少。

(2)「シク活用」

「シク活用」多是一些表示主观感情的形容词，如:「かなし」「うれし」「楽し」「をかし」等，与「口語」相比意义的变化较大。比如，「口語」中表示“美丽”的形容词「うつくしい」在「文語」中就是「シク活用」，「うつくし」常常用作“可爱”(かわいい)的意思。「をかし」在「文語」中的含义也比「口語」中的「おかしい」复杂得多。

需要注意的是「いみじ」「すさまじ」「らうらうじ」「同じ」等词尾为「じ」的形容词也属于「シク」活用。其中「同じ」的连体形比较特殊，其「基本活用」有「同じき」和「同じ」两种形态，「同じき」多用于汉文训读，而「同じ」则多用于和文。

形容詞活用表

活用の種類	例語	未然形	連用形	終止形	連体形	已然形	命令形
ク活用	高・し	高・(く)	高・く	高・し	高・き	高・けれ	○
		高・から	高・かり	○	高・かる	○	高・かれ
シク活用	かな・し	かな・(しく)	かな・しく	かな・し	かな・しき	かな・しけれ	○
		かな・しから	かな・しかり	○	かな・しかる	○	かな・しかれ
	いみ・じ	いみ・(じく)	いみ・じく	いみ・じ	いみ・じき	いみ・じけれ	○
		いみ・じから	いみ・じかり	○	いみ・じかる	○	いみ・じかれ
下接語例		ズ/ハ	ナル/ケリ	。	トキ	ドモ・バ	。

注：()表示用例较少，○表示没有用例。

如上表所示，「カリ活用」没有终止形和已然形，但「多(おほ)し」是一个例外，在「和文」中常会见到「多かり(終)」「多かれ(已)」的用法。

2. 形容动词的活用及其种类

「文語」形容动词有「ナリ活用」和「タリ活用」两种。

(1)「ナリ活用」

「ナリ活用」的终止形词尾为「なり」，原本是「静かに」「すみやかに」等词尾为「に」的副词与动词「あり」相结合约音而成(「に」+「あり」=「なり」)。「ナリ活用」与「ラ行変格活用」基本相同，唯有连用形多了一种词尾为「に」的形态。

(2)「タリ活用」

「タリ活用」的终止形词尾为「たり」，原本是「堂堂と」「悠然と」等词尾为「と」的副词与动词「あり」相结合约音而成(「と」+「あり」=「たり」)。「タリ活用」与「ラ行変格活用」基本相同，唯有连用形多了一种词尾为「と」的形态。这类词的词干多为汉语词。

在「口語」中并没有这一类活用的形容动词，但其连用形「—と」和连体形「—たる」仍在使用，一般将「—と」(如「堂々と・悠然と」)归入副词，而「—たる」(如「堂々たる・悠然たる」)则归入连体词。

形容動詞活用表

活用の種類	例語	未然形	連用形		終止形	連体形	已然形	命令形
ナリ活用	静か・なり	静か・なら	静か・なり	静か・に	静か・なり	静か・なる	静か・なれ	静か・なれ
タリ活用	堂々・たり	堂々・たら	堂々・たり	堂々・と	堂々・たり	堂々・たる	堂々・たれ	堂々・たれ
下接語例		ズ	キ/ツ/ケム	、/シテ	。	トキ	ドモ・バ	。

(三) 音便

在日语中,为了发音上的方便,某些词的部分发音发生了规则性变化的现象称为「音便」,如「書きて→書いて」「学びて→学んで」。日语的音便主要分为四种:「イ音便」「ウ音便」「撥音便」「促音便」。「文語」动词当中存在所有这四种「音便」,形容词当中存在「イ音便」「ウ音便」「撥音便」三种,「ナリ活用」形容动词只有「撥音便」一种。此外,「音便」也出现于「べし」「まじ」等某些特定助动词以及名词当中。

与「文語」相比,「口語」当中一般没有「ウ音便」。并且,当符合音便规则时,「口語」必须使用音便形,而「文語」则可用可不用。

1. 「イ音便」

「イ音便」指的是为了发音上的方便,词中、词尾的「き」「ぎ」「し」「り」等发生子音(k,g,s,r)脱落变为「い」的现象,一般发生在活用词的词尾:

(1) 「カ行・ガ行・サ行・ラ行」的「四段活用」动词的连用形后接「て」「たり」等时。

例如:「書きて」 → 「書いて」

「泳ぎて」 → 「泳いで」

「差して」 → 「差いて」

「ござります」 → 「ございます」

(2) 形容词或形容词型活用的连体形后接体言或感叹终助词「かな」等时。

例如:「若き」 → 「若い」

「美しき」 → 「美しい」

「べき」 → 「べい」

(3) 除了活用词词尾之外,在名词等词类的词中也存在「イ音便」的现象。

例如:「さきはひ」 → 「さいはひ」(幸ひ)(名詞)

2. 「ウ音便」

「ウ音便」是指为了发音上的方便,词中、词尾的「く」「ぐ」「ひ」「び」「み」等发生子音(k,

g,h,b,m)脱落变为「う」的现象。一般发生在活用词的词尾：

(1)「ハ行・バ行・マ行」的「四段活用」动词连用形后接「て」「たり」等时。

例如：「匂(にほ)ひて」 → 「匂うて」
「飛びて」 → 「飛うで」
「飲みて」 → 「飲うで」
「頼みたる」 → 「頼うだる」

(2) 形容词或形容词型活用的连用形中顿或后接「て」「して」、用言等时。

例如：「よく」 → 「よう」
「恋しく」 → 「恋しう」
「べく」 → 「べう」

(3) 除了活用词词尾之外，在名词等词类的词中也存在「ウ音便」的现象。

例如：「かぐはし」 → 「かうばし」(香ばし)
「かくし」 → 「かうし」(格子)
「したぐつ」 → 「したうづ」(襪)

3.「撥音便」

「撥音便」是指为了发音上的方便，词中、词尾的「び」「み」「に」「る」等变为「撥音」(「ん」)的现象。一般发生在活用词的词尾：

(1)「バ行・マ行」的「四段活用」以及「ナ変」动词连用形(「び」「み」「に」)后接「て」「たり」等时。

例如：「呼びて」 → 「呼んで」
「読みて」 → 「読んで」
「死にて」 → 「死んで」

(2)「ラ行四段活用」动词的连用形后接完了助动词「ぬ」时。

例如：「終わりぬ」 → 「終わんぬ」

(3)「ラ変」型活用词(「ラ変」动词、形容词「カリ活用」、「ナリ活用」形容动词等)的连体形(「る」)后接表示推断意义的助动词「めり」「なり」「べし」「らし」等时。

例如：「あるめり」 → 「あ(ん)めり」
「良かるなり」 → 「良か(ん)なり」
「苦しかるべし」 → 「苦しか(ん)べし」
「寒かるらし」 → 「寒か(ん)らし」

这种情况下存在「撥音便無表記」现象，即「撥音便」的「ん」在书写时被省略，如「あんめり→あめり」，但在读的时候「ん」一般应予读出。

(4) 除了活用词词尾之外，在名词等词类的词中也存在「撥音便」的现象。

例如:「さかりに」 → 「さかんに」(盛に)

「かみた」 → 「かんだ」(神田)

「まなか」 → 「まんなか」(真中)

「かみさし」 → 「かんざし」(簪)

「いかに」 → 「いかん」(如何)

4.「促音便」

「促音便」是指为了发音上的方便,词中、词尾的「ち」「ひ」「り」等发生母音(i)脱落变为促音(「っ」)的现象。

(1) 主要是「タ行・ハ行・ラ行」的「四段活用」动词和「ラ変」动词的连用形词尾后接「て」「たり」或用言时可能发生「促音便」。

例如:「勝ちて」 → 「勝って」

「思ひて」 → 「思って」

「ありて」 → 「あって」

「取りたり」 → 「取ったり」

「追いつく」 → 「追っつく」

「取りくむ」 → 「取っくむ」

(2) 除此之外,也存在在单词的音节与音节之间插入促音的现象。

例如:「をひと」 → 「をっと」(夫)

「さふそく」 → 「さっそく」(早速)

「やはり」 → 「やっぱり」

四　助动词的种类及其用法

助动词是有活用的附属词，主要接在用言之后，增加「受身・完了・推量」等意义。助动词有三种不同的分类方法。

(一) 助动词的分类

1. 按活用形分类

(1) 动词型助动词

「四段型」:「む」「らむ」「けむ」

「ナ変型」:「ぬ(完了)」

「ラ変型」:「けり」「たり(完了)」「り」「めり」「なり(伝聞・推定)」

「下二段型」:「つ」「る」「らる」「す」「さす」「しむ」

「サ変型」:「む(ん)ず」

(2) 形容词型助动词

「ク活用型」:「べし」「たし」「ごとし」

「シク活用型」:「まじ」「まほし」

(3) 形容动词型助动词

「ナリ活用型」:「なり(断定)」「やうなり」

「タリ活用型」:「たり(断定)」

(4) 特殊型助动词

「特別の型」:「き」「まし」「ず」

「無変化型」:「らし」「じ」

2. 按接续法分类

(1) 接在未然形之后:「り(サ変に)」「る」「らる」「す」「さす」「しむ」「ず」「む」「む(ん)ず」「じ」「まほし」

(2) 接在连用形之后:「き」「けり」「ぬ(完了)」「つ」「たり(完了)」「けむ」「たし」

(3) 接在终止形之后:「べし」「なり(伝聞・推定)」「めり」「らし」「らむ」「まじ」

（但如果前面是「ラ変」动词、「カリ活用」的形容词、形容动词、「ラ変」型活用的助动词时，则接在连体形之后。）

(4) 接在连体形之后：「なり（断定）」「ごとし」

(5) 接在已然形之后：「り（四段）」

(6) 接在体言、副词、助词之后：「なり（断定）」「たり（断定）」「ごとし」

3. 按意义分类

(1) 过去：「き」「けり」

(2) 完了：「つ」「ぬ」「たり」「り」

(3) 否定：「ず」

(4) 推量：「む」「むず」「らむ」「けむ」「まし」「べし」

(5) 推定：「めり」「なり」「らし」

(6) 否定推量：「じ」「まじ」

(7) 断定：「なり」「たり」

(8) 使役・尊敬：「す」「さす」「しむ」

(9) 被动・可能・自发・尊敬：「る」「らる」

(10) 希望：「たし」「まほし」

(11) 比况：「ごとし」「やうなり」

（二）助动词的用法

以下按意义的分类来具体说明一些常见助动词的用法。

1. 过去

(1)「き」

活用：「き」是特殊型活用助动词，其活用形如下。

未然形	连用形	终止形	连体形	已然形	命令形
（せ）	○	き	し	しか	○

注：（）表示用例较少，○表示没有用例。

接续：「き」接在活用词的连用形之后，但当接在「カ変・サ変」之后时，使用特殊接续。即：「き」的终止形一律不接在「カ変」之后，只有连体形「し」和已然形「しか」接在「カ変」的未然形「こ」及其连用形「き」之后；接「サ変」的时候，終止形「き」接在其连用形「し」之后，连体形「し」和已然形「しか」接在其未然形「せ」之后。

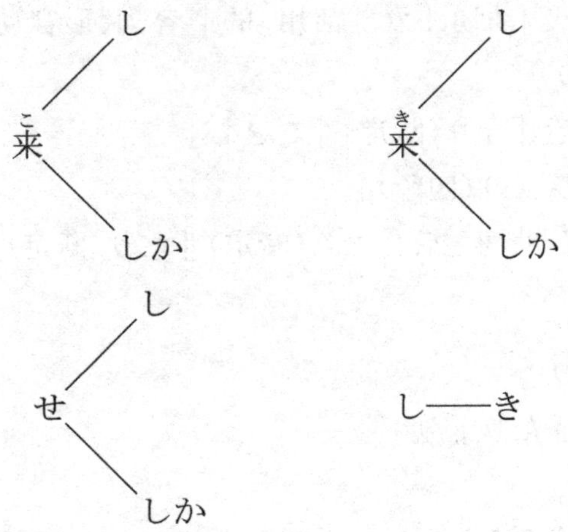

意义:表示过去,相当于口语的「(以前に)～た」。

(2)「けり」

活用:「けり」是「ラ変」活用型助动词,其活用形如下。

未然形	连用形	终止形	连体形	已然形	命令形
けら	○	けり	ける	けれ	○

注:○表示没有用例。

接续:接在活用词的连用形之后。

意义:

① 表示过去,多是从他人那里听闻到的过去的事情,相当于口语的「～た・～たそうだ・～たということだ」,常用于物语等的叙述。

② 表示咏叹,多用于和歌以及物语等的对话当中。相当于口语的「～だった・～だったのだなあ・～ことよ」。

比较:过去助动词「き」所表达的是对说话者直接经历的过去事实的回忆,而「けり」则用于对传闻的过去事实的追溯。

2. 完了

(1)「つ」

活用:「つ」是下二段活用型助动词,其活用形如下。

未然形	连用形	终止形	连体形	已然形	命令形
て	て	つ	つる	つれ	てよ

接续:接在活用词的连用形之后。

意义:

① 表示完了,相当于口语的「～た・～てしまう・～てしまった」。

② 表示强调

ⅰ.「つ」单独使用，相当于口语的「必ず～する・間違いなく～てしまう・まさに～だ」。

ⅱ.「つ」与「む」「らむ」「べし」等推量助动词一起使用，相当于口语的「きっと～(だろう)・間違いなく～(はずだ)・確かに～(したい)」。

③ 以「～つ～つ」的形式表示并列，相当于口语的「～たり～たり」。

注意：第③种用法在现代日语中已成为固定的并列助词(也有称为接续助词)，表示两个动作的交替进行。

(2)「ぬ」

活用：「ぬ」是「ナ变」活用型助动词，其活用形如下。

未然形	连用形	终止形	连体形	已然形	命令形
な	に	ぬ	ぬる	ぬれ	ね

接续：接在活用词的连用形之后。

意义：

① 表示完了，相当于口语的「～てしまった・～てしまう・～た」。

② 常与「む」「らむ」「べし」等推量助动词一起使用，表示强调，相当于口语的「きっと～(だろう)・間違いなく～(はずだ)」。

③ 以「～ぬ～ぬ」的形式使用，表示并列，相当于口语的「～たり～たり」。

比较：「ぬ」和「つ」意义、用法基本相同，所不同的是「ぬ」多接在自动词之后，表示自然的作用、无意识的动作，而「つ」则多接于他动词之后，表示有意识的动作。

(3)「たり」

活用：「たり」是「ラ变」活用型助动词，其活用形如下。

未然形	连用形	终止形	连体形	已然形	命令形
たら	たり	たり	たる	たれ	たれ

接续：接在「ラ变」以外的动词以及除了「つ」以外的动词型活用助动词的连用形之后。

意义：

① 表示完了，相当于口语的「～た・～てしまった」。

② 表示存续。

(ア)表示动作、作用的结果存续下来，相当于口语的「～ている・～てある・～た」。

(イ)表示动作、作用正在进行，相当于口语的「～ている・～てある」。

③ 表示并列，即两个以上动作、作用的交互进行，相当于口语的「～たり～たり」。

注意：请勿与断定助动词「たり」相混淆。

(4)「り」

活用:「り」是「ラ変」活用型助动词,其活用形如下。

未然形	连用形	终止形	连体形	已然形	命令形
ら	り	り	る	れ	れ

接续:只接在四段动词的命令形(或称已然形)以及「サ変」动词的未然形之后。

意义:

① 表示完了,相当于口语的「～た・～てしまった」。

② 表示存续。

(ア)表示动作、作用的结果存续下来,相当于口语的「～ている・～てある」。

(イ)表示动作、作用正在进行,相当于口语的「～ている・～てある· ～し続けている」。

比较:完了助动词「り」与「たり」意义基本相同,但接续不同。

3. 否定

(1)「ず」

活用:「ず」是特殊型活用助动词,其活用有三个系列,具体的活用形如下。

未然形	连用形	终止形	连体形	已然形	命令形
(な)	(に)	○	ぬ	ね	○
ず	ず	ず	○	○	○
ざら	ざり	(ざり)	ざる	ざれ	ざれ

注:()表示用例较少,○表示没有用例。

接续:接在活用词的未然形之后。

意义:表示否定,相当于口语的「～ない。～ぬ。」

注意:「ず」的连体形「ぬ」、已然形「ね」同完了助动词「ぬ」的终止形、命令形形式相同,请注意区分。

4. 推量

(1)「む」

活用:「む」是四段活用型助动词,其活用形如下。

未然形	连用形	终止形	连体形	已然形	命令形
○	○	む(ん)	む(ん)	め	○

注:① ○表示没有用例。

② 其终止形和连体形的「む」按照历史假名的发音规则都读作「ん」,中世以后则直接将「む」标记为「ん」。

接续：接在活用词的未然形之后。

意义：

① 表示推量，相当于口语的「～だろう・～う」。

② 表示意志，相当于口语的「～(し)よう・～(する)つもりだ」。

③ 使用连体形，用于体言或助词之前，表示假定、委婉表达，相当于口语的「～としたら、その～・～のような」。

④ 表示妥当、劝诱，相当于口语的「～するのがよい・～したらどうだ・～しなさい」。

注意：当主语是第一人称的时候往往表"意志"，第二人称的时候多表"妥当、劝诱"，第三人称的时候多表"推量"。

(2)「むず」

活用：「むず」是「サ変」活用型助动词，其活用形如下。

未然形	连用形	终止形	连体形	已然形	命令形
○	○	むず(んず)	むずる(んずる)	むずれ(んずれ)	○

注：① ○表示没有用例。

② 其终止形、连体形和已然形的「むず」「むずる」「むずれ」按照历史假名的发音规则分别读作「んず」「んずる」「んずれ」，中世以后直接标记为「んず」「んずる」「んずれ」，并演化出「うず」的形式。

接续：接在活用词的未然形之后。

意义：

① 表示推量，相当于口语的「～だろう」。

② 表示意志，相当于口语的「～(し)よう・～(する)つもりだ」。

③ 表示假定、委婉，主要用作连体形，相当于口语的「～としたら、それは～・～のような」。

④ 表示妥当、当然，相当于口语的「～するのがよい・～すべきである」。

比较：「むず」同「む」的意义基本相同，语气略强。

(3)「らむ」

活用：「らむ」是四段活用型助动词，其活用形如下。

未然形	连用形	终止形	连体形	已然形	命令形
○	○	らむ(ん)	らむ(ん)	らめ	○

注：① ○表示没有用例。

② 其终止形和连体形的「らむ」按照历史假名的规则都发音为「らん」，中世以后则直接将「らむ」标记为「らん」，并出现了「らう」的形式。

接续：接在活用词的终止形之后。不过，如果是「ラ変」型活用词，则接在其连体形之后。

意义：

① 表示现在的推量，相当于口语的「今ごろは～しているだろう」，是在现场之外推测

正在发生的事态。

② 表示现在原因的推量，相当于口语的「～(のため)だろう・どうして～だろう」，是从眼前的事态对其原因、理由作出推测。

③ 表示现在的传闻、委婉表达，相当于口语的「～という・～とかいう・～のような」。多使用连体形，以不确定的语气提及传闻中的现在的事情。

(4)「けむ」

活用：「けむ」是四段活用型助动词，其活用形如下。

未然形	连用形	终止形	连体形	已然形	命令形
○	○	けむ(ん)	けむ(ん)	けめ	○

注：① ○表示没有用例。

② 其终止形和连体形的「けむ」按照历史假名的规则都发音为「けん」，在中世以后的散文中标记为「けん」。

接续：接在活用词的连用形之后。

意义：

① 表示过去的推量，相当于口语的「～ただろう・～だっただろう」。

② 表示过去原因的推量，相当于口语的「～たというわけなのだろう・(～というので)～たのだろう」。前面伴有表示疑问的词。

③ 表示过去的传闻，相当于口语的「～たという・～たそうだ」。

(5)「まし」

活用：「まし」是特殊型活用助动词，其活用形如下。

未然形	连用形	终止形	连体形	已然形	命令形
(ませ)ましか	○	まし	まし	ましか	○

注：()表示用例较少，○表示没有用例。

接续：接在活用词的未然形之后。

意义：

① 表示违反现实的假想，相当于口语的「(もし)～であったら、～であろう。」多以「～ませば～まし」「～ましかば～まし」「～せば～まし」等形式组成假定条件句，或与假定条件句相呼应，对实际上不可能发生的事情或者并未发生的事情进行想象，在此基础上想象相应的结果。

② 表示悔恨或希望，相当于口语的「～であればよいのに・～であったならばよかったのに」。不伴有假定条件句，叙述与实际相反的事态，表达对没有能够达成上述结果的悔恨、或者对达成上述结果的希望。

③ 表示犹豫、不安的感觉，多与「や」「いかに」等表疑问的词相呼应使用，相当于口语的

「～すればよいだろう(か)・～したものだろう(か)・～しようかしら」。

④ 表示单纯的推量、意志，与助动词「む」的意义基本相同，相当于口语的「～だろう・～う(よう)」

(6)「べし」

活用：「べし」是「ク活用」型助动词，同形容词「ク活用」一样也有「基本活用」和「カリ活用」两种，其活用形如下。

未然形	连用形	终止形	连体形	已然形	命令形
○		べく・	べし	べき・	べけれ
べべか	らかり	○	べかる	○	○

注：○表示没有用例。

接续：接在活用词的终止形之后。不过，如果是「ラ変」型活用词，则接在其连体形之后，这种情况下，经常出现「撥音便」及「撥音便無表記」现象，如「苦しか(ん)べし」等(请参考前文“三、用言的活用及其种类——(三)音便——3.「撥音便」”)。另外，当前面是上一段活用的词时，也会出现如「見べし」一样由「イ」段音结尾的词形(未然形或连用形)。

意义：

① 表示确信的推量，相当于口语的「～にちがいない・きっと～だろう・(当然)～しそうだ」。

② 表示强烈的意志，相当于口语的「(必ず)～しよう・～するつもりだ・～してやろう」。

③ 表示可能，相当于口语的「～できる・～できそうだ・～できるはずだ」。

④ 表示妥当、劝诱，即“最好如此”之意，相当于口语的「～(する)のがよい・～(する)のが適当である・～(する)のがふさわしい」。

⑤ 表示当然、义务、预定，即“必定如此”之意，相当于口语的「～するはずだ・当然～すべきだ・～しなければならない・～することになっている」。

⑥ 表示命令，相当于口语的「～せよ」。

注意：在现代日语当中，作为文章语的表达，仍然经常可以见到其未然形「べから」、连用形「べく」、终止形「べし」、连体形「べき」的使用。其中未然形「べから」与否定助动词「ず」构成固定搭配，连用形「べく」仅限于中止用法及直接与用言搭配使用。

5. 推定

(1)「めり」

活用：「めり」是「ラ変」活用型助动词，其活用形如下。

未然形	连用形	终止形	连体形	已然形	命令形
○	(めり)	めり	める	めれ	○

注:()表示用例较少,○表示没有用例。

接续:接在活用词的终止形之后。不过,如果是「ラ変」型活用词,则接在其连体形之后,这种情况下,经常出现「撥音便」及「撥音便無表記」现象,如「あ(ん)めり」等(请参考前文“三、用言的活用及其种类——(三)音便——3.「撥音便」”)。

意义:

① 表示(基于视觉的)推定,相当于口语的「～と見える・～ように見うけられる」。

② 表示委婉表达,相当于口语的「～ようである・～ように思われる」。

(2)「なり」

活用:「なり」是「ラ変」活用型助动词,其活用形如下。

未然形	连用形	终止形	连体形	已然形	命令形
○	(なり)	なり	なる	なれ	○

注:()表示用例较少,○表示没有用例。

接续:接在活用词的终止形之后。中古以后,遇到「ラ変」型活用词,则接在其连体形之后,这种情况下,经常出现「撥音便」及「撥音便無表記」现象,如「良か(ん)なり」等(请参考前文“三、用言的活用及其种类——(三)音便——3.「撥音便」”)。

意义:

① 表示传来人的说话声或其他声响,相当于口语的「～の音(声)がする・～が聞こえるよ」。

② 表示推定,是根据声音、响动以及周围的情形、对方的话语等作出的推定,相当于口语的「～ようだ・～らしい」。

③ 表示传闻,相当于口语的「～という・～そうだ・～と聞いている」。

注意:请勿与断定助动词「なり」、「ナリ活用」形容动词的连用形・终止形活用词尾、四段活用动词「なる」的连用形相混淆。

比较:相对于基于视觉的推定助动词「めり」,「なり」则是基于听觉的推定。

(3)「らし」

活用:「らし」是特殊型活用助动词,其活用形如下。

未然形	连用形	终止形	连体形	已然形	命令形
○	○	らし	らし(らしき)	らし	○

注:()表示用例较少,○表示没有用例。

接续:接在活用词的终止形之后。不过,如果是「ラ変」型活用词,则接在其连体形之后,这种情况下，经常出现「撥音便」及「撥音便無表記」现象，如「寒か(ん)らし」等(请参考前文“三、用言的活用及其种类——(三)音便——3.「撥音便」”)。

意义：

① 表示推定，是基于一定的根据对眼下的事态作出的推定，相当于口语的「～らしい・きっと～しているだろう・～にちがいない」。

② 表示对原因、理由的推定，是对眼下事态背后的原因、理由的推定，相当于口语的「(～であるのは)～であるからららしい・(～しているのは)きっと～というわけだろう」。

比较：使用「らし」的句子里往往伴有推定的根据，是基于一定根据的推定。

6. 否定推量

(1)「じ」

活用：「じ」是特殊型活用助动词，其活用形如下。

未然形	连用形	终止形	连体形	已然形	命令形
○	○	じ	じ	じ	○

注：○表示没有用例。

接续：接在活用词的未然形之后。

意义：

① 表示否定的推量，相当于口语的「～ないだろう・～まい」。

② 表示否定的意志，相当于口语的「～するつもりはない・～まい」。

注意：主语是第一人称时，往往表示“否定的意志”，主语是第二、三人称时则多表示“否定的推量”。

(2)「まじ」

活用：「まじ」是「シク活用」型助动词，同形容词「シク活用」一样也有「基本活用」和「カリ活用」两种，其活用形如下。

未然形	连用形	终止形	连体形	已然形	命令形
まじから	まじく・ まじかり	まじ	まじき・ まじかる	まじけれ	○

注：○表示没有用例。

接续：接在活用词的终止形之后。不过，如果是「ラ変」型活用词，则接在其连体形之后。

意义：

① 表示否定的推量，带有确信的语气，相当于口语的「(きっと)～ないだろう・～ないにちがいない・～はずがない・～まい」。

② 表示否定的意志，语气坚决，相当于口语的「決して～ないつもりである・～する気

はない・～まい」。

③ 表示不可能的推量，相当于口语的「～できそうにない」。

④ 表示不恰当之事或禁止之意，相当于口语的「～てはならない・～ないほうがよい」。

注意：中世以后，在口语当中，由其连体形「まじき」的音变形逐渐产生了「まじい」的词形，进而演化为现在仍然在使用的「まい」的形态，而「まじき」在现代日语中也常见使用。

比较：否定推量助动词「まじ」对应推量助动词「べし」，是对「べし」所表示意义的否定。「まじ」的语气比「じ」强，而「べし」的语气比「む」强。

む←→じ
↓　　↓
べし←→まじ

7. 断定

(1)「なり」

活用：「なり」是「ナリ活用」型助动词，其活用形如下。

未然形	连用形	终止形	连体形	已然形	命令形
なら	なり・に	なり	なる	なれ	(なれ)

注：()表示用例较少。

接续：接在体言、活用词的连体形、副词、助词等之后。

意义：

① 表示断定，相当于口语的「～である・～だ」。

② 表示存在，接在表示场所的词语之后，多使用连体形，相当于口语的「～にある・～にいる」。

③ 表示状态、性质，多使用连体形，相当于口语的「～である」。

注意：请勿与推定・传闻助动词「なり」、「ナリ活用」形容动词的连用形・终止形活用词尾、四段活用动词「なる」的连用形相混淆。

(2)「たり」

活用：「たり」是「タリ活用」型助动词，其活用形如下。

未然形	连用形	终止形	连体形	已然形	命令形
たら	たり・と	たり	たる	たれ	(たれ)

注：()表示用例较少。

接续：接在体言之后。

意义：表示断定，相当于口语的「～である・～だ」。

注意：请勿与完了助动词「たり」、「タリ活用」形容动词的词尾相混淆。

比较：常见于中古时期的汉文训读的文章以及中世以后的和汉混淆文，而和文中则多使用「なり」。

8. 使役・尊敬

(1)「す」

活用：「す」是下二段活用型助动词，其活用形如下。

未然形	连用形	终止形	连体形	已然形	命令形
せ	せ	す	する	すれ	せよ

接续：接在四段、「ナ変」、「ラ変」活用动词的未然形之后。

意义：

① 表示使役，相当于口语的「～せる・～させる」。

② 表示尊敬，相当于口语的「お～になる・～なさる・～あそばす」。(后接表示尊敬的词语，表达更高的敬意。)

③ 表示谦让，相当于口语的「～てさし上げる・～申し上げる」。(接在表示谦让之意的词语之后，进一步加强谦让之意。)

④ 表示被动，相当于口语的「～れる・～させておく」。(常见于镰仓时代的武士语言，将被动的事态以自身的意志性行为来加以表达。)

注意：单独使用的「す」是使役用法，而后接尊他敬语动词「給(たま)ふ」构成「せ給(たま)ふ」时存在两种情况——当句中存在动作的使役对象时就是使役的用法，否则就是最高敬语(双重敬语)。

(2)「さす」

活用：「さす」是下二段活用型助动词，其活用形如下。

未然形	连用形	终止形	连体形	已然形	命令形
させ	させ	さす	さする	さすれ	させよ

接续：接在四段、「ナ変」、「ラ変」以外的动词的未然形之后。

意义：

① 表示使役，相当于口语的「～せる・～させる」。

② 表示尊敬，相当于口语的「お～になる・～なさる・～あそばす」。(后接表示尊敬的词语，表达更高的敬意。)

③ 表示谦让，相当于口语的「～てさし上げる・～申し上げる」。(接在表示谦让之意的词语之后，进一步加强谦让之意。)

④ 表示被动,相当于口语的「～られる・～させておく」。(常见于镰仓时代的武士语言,将被动的事态以自身的意志性行为来加以表达。)

注意:单独使用的「さす」是使役用法,而后接尊他敬语动词「給(たま)ふ」构成「させ給(たま)ふ」时存在两种情况——当句中存在动作的使役对象时就是使役的用法,否则就是最高敬语(双重敬语)。

比较:「さす」和「す」意义、用法相同,只是接续不同。

(3)「しむ」

活用:「しむ」是下二段活用型助动词,其活用形如下。

未然形	连用形	终止形	连体形	已然形	命令形
しめ	しめ	しむ	しむる	しむれ	しめよ

接续:接在活用词的未然形之后。

意义:

① 表示使役,相当于口语的「～せる・～させる」。

② 表示尊敬,相当于口语的「お～になる・～なさる・～あそばす」。(后接表示尊敬的词语,表达更高的敬意。常使用「しめ給ふ」的形式。)

③ 表示谦让,相当于口语的「～させていただく・～申し上げる」。(接在「申す」「啓す」「奉る」等谦让语之后,加强谦让之意。)

注意:单独使用的「しむ」是使役用法,而后接尊他敬语动词「給(たま)ふ」构成「「しめ給(たま)ふ」时存在两种情况——当句中存在动作的使役对象时就是使役的用法,否则就是最高敬语(双重敬语)。

比较:中古时期,「しむ」主要用于汉文训读体的文章,而和文体的假名文学作品则多使用「す」「さす」,中世以后「しむ」常见于和汉混淆文。

9. 被动・可能・自发・尊敬

(1)「る」

活用:「る」是下二段活用型助动词,其活用形如下。

未然形	连用形	终止形	连体形	已然形	命令形
れ	れ	る	るる	るれ	れよ

接续:接在四段、「ナ变」、「ラ变」活用动词的未然形之后。

意义:

① 表示被动,相当于口语的「～れる・～られる」。

② 表示尊敬,相当于口语的「～なさる・お～になる」。

③ 表示自发，相当于口语的「自然と～される・～ないではいられない」。

④ 表示可能，相当于口语的「～することができる・～れる」。（常与否定相呼应使用，表示不可能之意。）

(2)「らる」

活用：「らる」是下二段活用型助动词，其活用形如下。

未然形	连用形	终止形	连体形	已然形	命令形
られ	られ	らる	らるる	らるれ	られよ

接续：接在四段、「ナ変」、「ラ変」以外的动词的未然形之后。

意义：

① 表示被动，相当于口语的「～れる・～られる」。

② 表示尊敬，相当于口语的「～なさる・お～になる」。

③ 表示自发，相当于口语的「自然と～される・～ないではいられない」。

④ 表示可能，相当于口语的「～することができる・～られる」。（常与否定相呼应使用，表示不可能之意。）

比较：「らる」和「る」意义、用法相同，只是接续不同。

10. 希望

(1)「たし」

活用：「たし」是「ク活用」型助动词，同形容词「ク活用」一样也有「基本活用」和「カリ活用」两种，其活用形如下。

未然形	连用形	终止形	连体形	已然形	命令形
たから	たく・ たかり	たし○	たき・ たかる	たけれ ○	○ ○

注：○表示没有用例。

接续：接在动词型活用词的连用形之后。

意义：

① 表示自己的希望，相当于口语的「～たい」。

② 表示期待某种状态的实现，接在动词「あり」之后，相当于口语的「～ほしい・～たい」。

(2)「まほし」

活用：「まほし」是「シク活用」型助动词，同形容词「シク活用」一样也有「基本活用」和「カリ活用」两种，其活用形如下。

未然形	连用形	终止形	连体形	已然形	命令形
○ まほしから	まほしく・ まほしかり	まほし ○	まほしき・ まほしかる	まほしけれ ○	○ ○

注:○表示没有用例。

接续:接在动词型活用词的未然形之后。

意义:

① 表示自己的希望,相当于口语的「～たい」。

② 表示期待某种状态的实现,接在动词「あり」之后,相当于口语的「～てほしい」。

注意:「あらまほし」有两种情况,一种是上述「あら(「ラ変」动词「あり」的未然形)＋まほし」,相当于口语的「あってほしい」;另一种是「シク活用」形容词「あらまほし」,相当于口语的「望ましい。理想的だ。」需要从上下文和意义上加以区分。

比较:「まほし」多见于中古时期的和歌以及假名文,至中世前期,逐渐为「たし」所取代,除了一些拟古文之外少见使用。

11. 比况

(1)「ごとし」

活用:「ごとし」是「ク活用」型助动词,其活用形如下。

未然形	连用形	终止形	连体形	已然形	命令形
(ごとく)	ごとく	ごとし	ごとき	○	○

注:()表示用例较少,○表示没有用例。

接续:接在活用词的连体形、体言以及助词「の」「が」之后。

意义:

① 表示同等,相当于口语的「～と同じである・～のとおりだ」。

② 表示比况,相当于口语的「(まるで)～のようだ・～みたいだ・～に似ている」。

③ 表示例示,仅限于连体形,相当于口语的「たとえば～のようだ・たとえば～などだ」。

(2)「やうなり」

活用:「やうなり」是「ナリ活用」型助动词,其活用形如下。

未然形	连用形	终止形	连体形	已然形	命令形
やうなら	やうなり・ やうに	やうなり	やうなる	やうなれ	○

注:○表示没有用例。

接续:接在活用词的连体形以及助词「名詞＋の」「名詞＋が」等之后。

意义：

① 表示比况，相当于口语的「まるで～である・～みたいである・～のようだ」。

② 表示例示，相当于口语的「たとえば～のようだ・～のようだ」。

③ 表示状态，相当于口语的「～の状態にある・～のようすである」。

④ 表示愿望、意图，使用「～やうに」的形式，相当于口语的「～ように」。

⑤ 表示不确定的断定、委婉表达，相当于口语的「～ようだ」。

比较：中古时期，「ごとし」多用于汉文训读的文章，而和文则多使用「やうなり」。

五　助词

助词就是接在独立词之后、表示该词与其他词语之间的关系或添加某种意义的没有活用的附属词。根据其作用及接续可分为以下六类，即系助词、格助词、接续助词、副助词、终助词、间投助词。

(一) 系助词

系助词(「係助詞」)读作「かかりじょし」或「けいじょし」，接在各种词之后，表示强调、疑问或反问等，与后面的用言或活用短语相呼应，并对其活用形产生一定的约束。例如，当句子中间出现「係助詞」「ぞ」时，则句末的活用词应以连体形结句。这被称为「係り結び」(系结法)，其中「係助詞」称「係り」，与之相呼应的活用形则称为「結び」。

文语中的「係助詞」主要有「は」「も」「ぞ」「なむ」「こそ」「や」「か」「やは」「かは」等，其用法如下。

<table>
<tr><th>係助詞</th><th>意味</th><th>文末の活用形(結び)</th></tr>
<tr><td>は</td><td rowspan="2">強調(強意)</td><td rowspan="2">終止形</td></tr>
<tr><td>も</td></tr>
<tr><td>や(やは)</td><td rowspan="2">疑問・反語</td><td rowspan="4">連体形</td></tr>
<tr><td>か(かは)</td></tr>
<tr><td>ぞ</td><td rowspan="3">強調(強意)</td></tr>
<tr><td>なむ</td></tr>
<tr><td>こそ</td><td>已然形</td></tr>
</table>

注意：

1. 在狭义的「係り結び」中，「は」「も」虽然都是「係助詞」，但不构成「係り結び」。

2. 「やは」「かは」表示疑问的用例较少，多用于“反语”，相当于现代日语的「～(だろう)か、いや～ない。」

3. 表示「疑問・反語」的「など」「いかで」「いかが」「いかに」等副词也要求句末以连体形结句，亦可将其视为广义的「係り結び」。

4. 常见用法:①「こそ～已然形」在句中用于中顿时表示逆接,相当于口语的「～が・～けれども」;②「もぞ・もこそ」除了表示对「も」的强调用法之外,常表示「～すると困る・～すると大変だ」的意思,句末分别以连体形・已然形结句。

(二) 格助词

格助词(「格助詞」)主要接在名词、代名词以及活用词的连体形等之后,表示这些词与后面的词语之间处于什么样的关系。文语中的格助词主要有表示主格(前接词担当主语功能)和连体格(前接词担当修饰体言的功能)的「の・が」以及表示连用格(前接词担当修饰用言的功能)的「に・へ・を・と・より・から・して・にて」。

1.「の・が」

意味・用法	例文	
	の	が
① 主格（～が）	「頭は尼そぎなるちごの、目に髪のおほへるをかきはやらで」（『枕草子・うつくしきもの』）	「風吹けば 沖つ白波　たつた山　夜半にや君が ひとり越ゆらむ」（『伊勢物語・筒井筒』
② 連体修飾語（～の）	「祇園精舎の鐘の声、諸行無常の響きあり。」（『平家物語・祇園精舎』）	「二、三十人が中に、わづかにひとりふたりなり。」（『方丈記・ゆく河の流れ』）
③ 同格（～であって・～で）	「母北の方なむいにしへの人のよしあるにて」（『源氏物语・桐壶・光源氏の誕生』）	「いとやむごとなき際にはあらぬが、すぐれて時めきたまふありけり。」（『源氏物语・桐壶・光源氏の誕生』）
④ 準体格（～のもの・～のこと）	「まことにかばかりのは見えざりつ」（『枕草子・中納言まゐり給ひて』）	「この歌は…柿本人麻呂がなり」（『古今和歌集・恋三』）
⑤ 連用格・比喩（～のように）	「紫草のにほへる妹を憎くあらば人妻ゆゑに我恋ひめやも」（『万葉集〈一・二一〉』）	○

注意:

(1) 表示主格的助词「の・が」在古文中经常被省略。例如:「今は昔、竹取の翁といふものありけり。」(『竹取物语・かぐや姫のおひたち』)

(2) 表示同格的格助词「の・が」在古文中常见,两者在接续上有所不同,「の」接在体言之后,而「が」则接在活用词的连体形(「準体法」)之后。将这样的句子译为现代日语时,需要在表示同格的「の・が」后面的连体形之后补上前面的体言或代替该体言的「の」等。比如上

面的两个例句译为现代日语就是:「母親の北の方が古い家柄の出身で教養のある人であって」「たいして高貴な身分ではない方で、きわだって帝の御寵愛を集めていらっしゃる方があった。」

(3) 表示比喻或示例是「の」的特殊用法,常见于和歌的序词等中。

(4) 上代格助词「つ」接在体言或形容词的词干之后,构成连体修饰语,表示"所属、位置",相当于口语的「～の・～にある」,但与格助词「の」相比用法有限,中古以后只是作为惯用用法出现于复合词中,比如:「天つ風」「夕つ方」等。

2.「に・へ・を・と・より・から・して・にて」

这些都是所谓"连用格"助词,它们接在体言或体言类词语之后,承担着修饰用言的功能,其主要用法如下。

格助詞	意味・用法	口語訳
に	① 場所	～に・～で
	② 時・場合	～に・～ときに
	③ 動作や作用の帰着点・方向	～に
	④ 動作や作用の対象	～に
	⑤ 動作や作用の目的	～ために
	⑥ 動作や作用の原因・理由	～により・～のために
	⑦ 動作や作用の手法・手段	～で・～によって
	⑧ 動作や作用の結果、変化の結果	～に
	⑨ 受身表現や使役表現で動作の主体	～に・～によって
	⑩ 婉曲に主体を示し、敬意を表す ▽多く「には」「にも」などの形で。	～におかれては
	⑪ 資格・地位	～として
	⑫ 比較の基準や比況	～より・～と比べて
	⑬ 状況・状態	～のように・～状態で
	⑭ 累加・添加の基準	～に・～のうえに
	⑮ 強意 ▽同じ動詞を重ねた間に用いる。	ただもう・どんどん・ひたすら
へ	① 方向	～の方に・～に向かって
	② 帰着点	～に
	③ 対象	～に対して・～に

续表

<table>
<tr><th>格助詞</th><th colspan="2">意味・用法</th><th>口語訳</th></tr>
<tr><td rowspan="8">を</td><td colspan="2">① 動作の対象</td><td>～を</td></tr>
<tr><td colspan="2">② 動作の起点・経過点</td><td>～を・～から</td></tr>
<tr><td colspan="2">③ 持続する時間</td><td>～を</td></tr>
<tr><td colspan="2">④ 動作の相手</td><td>～に・～と</td></tr>
<tr><td colspan="2">⑤ 心情の対象</td><td>～が・～を</td></tr>
<tr><td colspan="2">⑥「～を～に」「～を～にて」の形で</td><td>～を～として</td></tr>
<tr><td colspan="2">⑦〔「寝(イ)を寝(ヌ)」「音(ネ)を鳴く」など、下の動詞と同じ意味合いの名詞の下に付けた形で強調〕</td><td></td></tr>
<tr><td colspan="3">注:古文では連用格(目的語)の格助詞「を」が省略されている場合も多い。</td></tr>
<tr><td rowspan="9">と</td><td colspan="2">① 動作を共にする相手</td><td>～と・～と一緒に</td></tr>
<tr><td colspan="2">② 比較の基準</td><td>～と・～に比べて</td></tr>
<tr><td colspan="2">③ 引用
▽「言ふ」「思ふ」「聞く」などの内容を示す。</td><td>～と</td></tr>
<tr><td colspan="2">④ 目的</td><td>～として・～と言って・～と思って</td></tr>
<tr><td colspan="2">⑤ 変化の結果</td><td>～と・～に・～となって</td></tr>
<tr><td colspan="2">⑥ 比喩</td><td>～のように</td></tr>
<tr><td rowspan="2">⑦ 強意
▽同じ動詞の間に用いて</td><td>動詞の意味を強める</td><td>～ものはすべて</td></tr>
<tr><td>動作の進行を表す</td><td>どんどん～する</td></tr>
<tr><td colspan="2">⑧ 並列
▽並立助詞とする説もある</td><td>～と</td></tr>
<tr><td rowspan="7">より</td><td colspan="2">① 起点</td><td>～から・～以来</td></tr>
<tr><td colspan="2">② 経由点</td><td>～を通って・～を</td></tr>
<tr><td colspan="2">③ 動作の手段・方法</td><td>～で</td></tr>
<tr><td colspan="2">④ 比較の基準</td><td>～より</td></tr>
<tr><td colspan="2">⑤ 範囲を限定
▽多く下に「ほか」「のち」などを伴って</td><td>～以外・～より</td></tr>
<tr><td>⑥ 原因・理由</td><td rowspan="2">▽接続助詞とする説もある</td><td>～ために・～ので・～(に)よって</td></tr>
<tr><td>⑦ 即時</td><td>～やいなや・～とすぐに</td></tr>
</table>

续表

格助詞	意味・用法	口語訳
から	① 起点	～から
	② 経由点	～を通って
	③ 動作の手段・方法	～で
	④ 原因・理由	～ために・～(に)よって
	⑤ 即時	～とすぐに
注:中古には「より」が、中世後期以降は「から」が多用された。		
して	① 共同者	～で・～と(ともに)
	② 手段・方法・材料	～で・～でもって
	③ 使役の対象 ▽漢文訓読では多く「をして」の形をとる	～に・～を使って・～に命じて
にて	① 場所・時	～において・～で
	② 手段・方法・材料	～で・～でもって
	③ 原因・理由	～ので・によって
	注:現代語でも、「これにて」などの形で、文章語や改まった場合などに用いられることがある。	

(三) 副助词

副助词是接在各种词语之后、赋予该词语以副词的性质与功能、并对后接用言的意义加以限定的助词。文语的副助词主要有:「だに」「すら」「さへ」「まで」「のみ」「ばかり」「など」「し」等。

1.「だに」

接续:接在体言、活用词的连体形、助词等之后。

意义:

(1) 表示最小限度,伴随着命令、愿望、意志等表现,相当于口语的「せめて～だけでも・せめて～なりとも」。

(2) 表示类推,后接否定,即强调提出某事物或状态,暗示或类推其他事项自不待言,相当于口语的「～だって・～でさえ・～すら」。

比较:「だに」在上代主要用作第(1)种用法——"最小限度",自中古至中世前期第(2)种用法——"类推"成为主流,逐渐代替了「すら」,至中世后期又为「さへ」所取代,即"类推"的用法按照时代顺序变迁的是:「すら」(上代)→「だに」(中古～中世)→「さへ」(中世末期以后)。

2.「すら」

接续：接在体言、活用词的连体形、助词等之后。

意义：

(1) 表示类推，即举出特殊的极端事例加以强调以类推其他，相当于口语的「～でさえも・～でも」。

(2) 表示最小限度的希望，相当于口语的「～だけでも」。

比较：「すら」在上代主要用于类推，不可用于假定条件句。至中古时期，仅见于汉文训读文及和歌等，中世以后逐渐为「だに」所取代，并进而为「さへ」所代替。「すら」在现代日语中仅有少量用法残留，多与否定相呼应使用。

3.「さへ」

接续：接在体言、活用词的连体形、助词等之后。

意义：

(1) 表示添加，相当于口语的「～までも・そのうえ～まで」。

(2) 表示类推，即举出程度较轻的事例，暗示或类推其他更严重的事项，相当于口语的「～でさえ・～だって」。

(3) 表示最小限度，用于假定条件句，相当于口语的「～だけでも・～なりと」。

比较：第(1)种"添加"是其本来用法，第(2)种"类推"的用法与「すら」「だに」相通，只是后来「すら」「だに」逐渐为「さへ」所取代，而「さへ」所拥有的第(1)种用法则更多地为「まで」所取代。

4.「まで」

接续：接在体言、活用词的连体形、助词等之后。

意义：

(1) 表示范围、界限，相当于口语的「～まで」。

(2) 表示添加，相当于口语的「～までも・～さえ」。

(3) 表示程度，相当于口语的「～ほどに・～くらいに」。

(4) 表示强调、感动，用于句末，故也有视之为终助词。现代日语中常作为惯用句用于书信结尾。例如：「とりあえず、右お知らせまで。」

5.「のみ」

接续：接在体言、活用词的连体形、助词等之后。

意义：

(1) 表示限定，相当于口语的「～だけ・～ばかり」。

(2) 表示强调，相当于口语的「特に・ただもう」。

注意：第(2)种强调的用法是其原意，第(1)种限定的用法源自汉文句末助词"耳"的训

读，在现代日语中「のみ」主要用于文章语，口语一般使用「だけ」「ばかり」。

6.「ばかり」

接续：接在体言、副词、活用词的终止形・连体形等之后。

意义：

(1) 表示程度、分量、时间等，接在活用词后时多接终止形，相当于口语的「～ほど・～くらい」。

(2) 表示限定，接在活用词后时多接连体形，相当于口语的「～だけ」。

比较：「ばかり」在上代只有表示程度的用法，表示限定的用法出现于中古之后，中世以后，表示程度的用法开始为「ほど」所取代，而在表示"限定"的用法上，副助词「のみ」比「ばかり」程度更强。

7.「など」

接续：接在体言、活用词的连用形・连体形、助词、引用句等之后。

意义：

(1) 表示例示，相当于口语的「たとえば～など・～など」。

(2) 表示委婉，相当于口语的「～なんか・～など」。

(3) 表示强调，加强轻蔑、否定、反问的语气，相当于口语的「～なんか」。

(4) 表示引用，接在引用句后，相当于口语的「～などと」。

8.「し」

接续：接在体言、活用词的连用形・连体形、副词、助词等之后。

意义：表示强调，无需特别译出。

注意：也有将之视为"系助词"或"间投助词"的。中古以后，经常与系助词一起使用，构成「しも」「しぞ」「しか」「しこそ」等形式，现代日语中的「ただし」「必ずしも」「果てしない」等词语中的「し」就是文语残留。

比较：应注意副助词「し」与过去助动词「き」的连体形「し」(接在活用词的连用形之后)、「サ变」动词「す」的连用形「し」(具有「する」的含义)以及格助词「して」中的「し」之间的区别。副助词的「し」表示强调，故去除之后意义并无变化。

(四) 接续助词

接续助词主要接在一些活用词之后，连接前后两部分语句，表示前后语句之间在意义上的关系。文语的接续助词从功能上可以作如下分类：

(1) 表示单纯的接续，如「て・して・で・つつ・ながら」

(2) 表示顺接的确定条件，如「ば(已然形につく)・に・を・て」

(3) 表示顺接的假定条件，如「ば(未然形につく)」

(4) 表示逆接的确定条件，如「ど・ども・が・に・を・ながら・ものから」

(5) 表示逆接的假定条件，如「と・とも」

下面来看一看一些主要接续助词的用法。

1.「ば」

(1) 接续：接在活用词的未然形之后。

意义：顺接的假定条件，相当于口语的「〜たら・〜なら・〜ならば」。

(2) 接续：接在活用词的已然形之后。

意义：

① 表示顺接的确定条件、原因・理由，相当于口语的「〜ので・〜から」。

② 表示顺接的确定条件、偶然性条件，相当于口语的「〜と・〜たところ」。

③ 表示顺接的恒常条件，相当于口语的「〜と決まって・〜ときはいつも」。

④ 表示两相对照，相当于口语的「〜と・一方では」。

注意：室町时代之后，「未然形＋ば」的用法逐渐减少，转而使用「已然形＋ば」来表示顺接的假定条件，乃至发展为现代日语的「仮定形＋ば」的形式。

2. 其他主要接续助词

接続助詞	接続	意味・用法	口語訳
が	連体形	① 単純な接続	〜が
		② 逆接の確定条件	〜が・〜けれども
に	連体形	① 順接の確定条件	〜ので
		② 逆接の確定条件	〜のに・〜が
		③ 単純な接続	〜と・〜ところ
を	連体形	① 順接の確定条件	〜ので
		② 逆接の確定条件	〜のに・〜が
		③ 単純な接続	〜と・〜ところ
ど・ども	已然形	① 逆接の確定条件	〜けれども・〜が
		② 逆接の恒常条件	〜ても必ず
と・とも	終止形 形容詞型には 連用形	逆接の仮定条件	(仮に)〜としても
て	連用形	① 単純な接続	〜て
		② 順接の確定条件	〜ので
		③ 逆接の確定条件	〜のに

续表

接続助詞	接続	意味・用法	口語訳
ながら	体言・動詞の連用形・形容詞の語幹など	① 動作の並行	～ながら
		② 動作・状態の継続	～のままで
		③ 逆接の確定条件	～のに・～けれども
ものを・ものから・ものの	連体形	逆接の確定条件	～のに・～ものの
で	未然形	打消しの接続	～ないで
して	連用形	① 単純な接続	～て
		② 順接の確定条件	～ので
		③ 逆接の確定条件	～のに
つつ	連用形	① 反復・継続	～し続けて
		② 動作の並行	～しながら

（五）间投助词

间投助词(「間投助詞」)是指出现在句中或句末，表示感动、呼唤或者调整语气的助词，也称为「感動助詞」或「詠嘆助詞」。文语中的间投助词主要有「や」「よ」「を」等。如前所述，表示强调的副助词「し」也有被视为间投助词的说法。

1.「や」

接续：接在句中或句末的各种词语之后。

意义：

① 表示感动、咏叹，相当于口语的「～なあ・～よ」。

② 表示呼唤，相当于口语的「～よ・～や」。

③ 调整语气，接在体言或连体修饰语之后，含有轻微的感动。

④ 表示列举，相当于口语的「～と～(と)・～や～(や)」。也有将这种用法视为副助词或并列助词的说法。

注意：也有将用于句末的间投助词「や」视为终助词的说法。

2.「よ」

接续：接在句中或句末的各种词语之后。

意义：

① 表示感动、咏叹，相当于口语的「～なあ・～よ」。

② 表示呼唤，相当于口语的「～よ・～や」。

③ 表示叮嘱，接在命令或禁止的表达之后。

④ 表示强调，相当于口语的「～だぞ・～だよ」。

注意：第③种用法的「よ」只能接在四段、「ナ変」、「ラ変」活用动词命令形之后，而「カ変」、「サ変」、一段、二段活用动词命令形末尾的「よ」则属于其命令形的一部分。

3.「を」

接续：接在句中或句末的各种词语之后。

意义：

① 表示强调，用于句中，相当于口语的「～ね・～よ」。

② 表示感动、咏叹，用于句末，相当于口语的「～なあ・～よ」。

③ 表示原因、理由，接在体言之后，下接“形容词词干＋接尾词「み」”，构成「～を～み」的形式，相当于口语的「～が～なので」。

比较：「を」有间投助词、格助词、接续助词三种情况，间投助词的用法出现得最早，接续助词最晚。中古以后，间投助词「を」主要用于和歌。

（六）终助词

终助词是用于句末、表示感叹・禁止・愿望等意义的助词。文语终助词主要有「な（詠嘆）」「な（禁止）」「そ」「なむ」「ばや」「なむ」「か」「かな」「がな」「かし」「よ」等。常见终助词用法如下：

接続助詞	接続	意味・用法	口語訳
な	文の言い切りの形・引用の格助詞「と」に	① 詠嘆	～なあ。～のだなあ。
		② 念を押す	～ね。
な	終止形・ラ変型の連体形に	① 強い禁止	～（する）な。
そ	連用形・「カ変」「サ変」の未然形に	① 穏やかな禁止	～してくれるな。～しないでくれ。
		注：一般に、上に副詞「な」を伴って「な…そ」の形で用いられるが、中古末ごろから「な」を伴わず、「そ」だけでも用いられることがある。	
ばや	未然形に	① 自己の願望	～たいものだ。
		② 事態の実現の願望 ▽「あり」「侍り」などに付く。	～てほしい。
		③ 強い打消	～どころか、まったく～ない。

续表

接続助詞	接続	意味・用法	口語訳
なむ	未然形に	① 他に対する願望	～てほしい。～てもらいたい。
てしが・てしがな	連用形に	① 自己の願望	～したいものだ。
にしが・にしがな	連用形に	① 自己の願望	～したいものだ。
がな	体言・格助詞「を」に	① 状態の願望	～があればいいなあ。
もがな	体言・形容詞や打消し/断定の助動詞の連用形などに	① 状態の願望	～があればいいなあ。
か	体言・連体形に	① 詠嘆 ▽多く「～も～か」の形で。	～なあ。
		② 念を押す・納得	～か。
かな	体言・連体形に	① 詠嘆	～だなあ。
		注:中古以降、上代の「かも」に代わって、和歌・俳句や会話文に多く用いられた。	
かし	文の言い切りの形に	① 強く念を押す	～よ。～ね。
		② 自分に言い聞かせる	～よ。
		注:「命令形＋かし」「けむかし」「ぞかし」の形で用いられることが多い。	

六　副词

副词是没有活用的独立词，主要用于修饰用言。副词在意义和用法上一般被分为以下三类。

(一) 情态副词(「情態(状態)の副詞」)

主要修饰动词，表示情态(状态)。如:「かく・さ・しばし・たちまち・つひに・やがて」等。

(二) 程度副词(「程度の副詞」)

修饰用言，表示其程度。如:「いと・いよいよ・きはめて・すべて・ただ・はなはだ・やうやう・よに」等。

(三) 陈述副词(「陳述の副詞・呼応の副詞」)

与后面的否定、疑问、推量等表达相呼应，表明某种特殊的叙述方式。如:「いまだ・え・いかが・いかに・いかで・たとひ・あるいは・さも」等。

情态副词和程度副词的用法参见后篇各节选文章的解说部分，下面主要介绍文语中陈述副词的用法。文语的陈述副词主要有以下九类:

1. 与否定表达相呼应的副词

如:「あへて・いさ・いまだ・え・さらに・ゆめ」等。此类常见副词的用法如下:

(1) 表示不可能的副词——「え」

「え」是下二段动词「得(う)」的连用形的副词化，与否定表达相呼应，表示不可能。

「え」～打消し(「ず・じ・まじ・で・なし」)＝とても～できない

(2) 表示完全否定的副词——「あへて・おほかた・さらに・すべて・たえて・つやつや・つゆ」等

「あへて」(など)～打消し(「ず・じ・まじ・で・なし」)＝まったく～ない

(3) 表示部分否定的副词——「いと・いたく」等

「いと・いたく」～打消し＝あまり・それほど～ない

2. 与禁止表达相呼应的副词

如:「な・ゆめ・ゆめゆめ」等。

(1)「な」

接续:用于动词的连用形(「カ変」「サ変」动词的未然形)之前。

意义:

① 表示禁止下接动词所表示的动作,相当于口语的「～(する)な。～(してくれる)な。」

② 与紧接在这个动词之后的终助词「そ」「そね」相呼应,构成「な…そ」「な…そね」的形式,相当于口语的「～(し)てくれるな。」

注意:

① 这两种用法在上代都有使用,但至中古以后出现的基本都是第二种用法。

② 「カ変」「サ変」动词在这种情况下使用未然形,「なこそ」=「こないでください」,「なせそ」=「しないでください」。

比较:注意不要与表示禁止的终助词「な」(接在动词型活用词的终止形之后)相混淆。副词「な」所表示的禁止比终助词「な」柔和。

(2)「ゆめ・ゆめゆめ」

「ゆめゆめ」是对「ゆめ」的强调表达。主要用法如下:

① 与后面的禁止表达相呼应使用

「ゆめ・ゆめゆめ」～「な」=「決して～するな」

② 与后面的否定表达相呼应使用

「ゆめ・ゆめゆめ」～打消し(「ず・じ・まじ・で・なし」)＝まったく～ない

3. 与推量表达相呼应的副词

如:「いかばかり・けだし・さだめて」等。例:

いかばかり～推量表現(「まし」)＝どんなにか～だろう

4. 与疑问、反语表达相呼应的副词

如:「いかが・いかで・いかに・など」等。主要疑问助词的用法如下:

副詞	意味· 用法	口語訳
いかが	① 疑問	どうのように～か。どんなに～か。
	② 反語	どうして～か、いや、そんなことはない。
	③ ためらい・心配	どんなものだろうか。どうしたものだろうか。
	④ 問いかけ	どのようであるか。どうであるか。
いかがは	① 疑問	いったいどのように。
	② 反語	どうして～か、いや、～ない。
	③ 程度の強意	どんなに～か。どれほど～か。
	注:「いかが」が係助詞「は」によって補強され、語勢を強めたもの。疑問の意はなくなり、反語と強意の意になる。	
いかが(は)せむ	① 疑問	どうしようか。
	② 反語	どうしようか、しかしどうしようもない。
	注:「いかがはせむ」は、「いかがせむ」が「は」で補強されたもの。疑問よりも反語の用例のほうが多い。	
いかで(か・かは)	① 疑問	どうして。どういうわけで。
	② 反語	どうして～だろうか、いや～ない。
	③ 強い願望	なんとかして。ぜひ。
		注:下に意志・願望表現(助動詞「む・じ」や終助詞「なむ・ばや・もがな・てしがな・にしがな等」を伴う。
	注:「いかで」は「いかにて」の転。平安時代から主に和文で使われ、文末に推量表現を使うことが多い。「いかでかは」は「いかで」「いかでか」とほぼ同じ意味だが、意味は、後者に比べると最も強い。	
いかに	① 疑問	どう。どのように。
		どうして。なぜ。
	② 強調	どんなにか。さぞかし。
	③ 感動	なんとまあ。じつに。
など(や)・などか(は)・なぞ・なじか(は)・なでふ	① 疑問	どうして。なぜ。
	② 反語	どうして～か、いや～ない。
	注:「などか(は)」は多く下に打消しの語を伴って用いられる。	

5. 与假定表达相呼应的副词

如:「いやしくも・たとひ・もし・よし・よしや」等。例:

たとひ～とも＝たとえ～としても

6. 与愿望表达相呼应的副词

如:「いつしか・いかで・なにとぞ・願はくは・ひとへに」。例:

「いつしか」〜願望・意志=はやく〜したい(しよう・してほしい)

7. 与否定推量的表达相呼应的副词

如:「よも・をさをさ」等。例:

(1)「よも」

「よも」〜「じ・まじ」=まさか〜ではあるまい

(2)「をさをさ」

「をさをさ」〜「じ・まじ」=めったに〜ないだろう

8. 与比况表达相呼应的副词

如:「あたかも・さながら・さも・なほ」等。例:

「あたかも」〜比況表現(「ごとし・やうなり」)=まるで〜ようだ

9. 与恰当・当然表达相呼应的副词

如:「まさに・すべからく」等。例:

「すべからく」〜「べし」=当然〜なければならない

七　敬语

敬语是说话者对听者、作者对话题中出现的人物表达敬意时使用的语言。日语「文語」中的敬语同现代日语一样也有三类：尊他敬语（「尊敬語」）、自谦敬语（「謙譲語」）和郑重敬语（「丁寧語」）。以下分别说明这三种敬语的用法。

（一）尊他敬语

尊他敬语（「尊敬語」）是说话者或作者对自己话题中所提到的动作主体直接表达尊敬之意的语言。古文的尊他敬语包括：含有尊敬之意的名词・代名词（例：「帝」「上」「君」「殿」）、含有尊敬之意的接头词・接尾词（例：「御」「君」「殿」）、含有尊敬之意的动词（例：「思ほす」「宣ふ」）以及添加尊敬之意的补助动词（例：「おはす」「承る」）、助动词（例：「る」「らる」）等。

所谓补助动词（「補助動詞」），就是失去了动词本来的意思、接在其他词语之后承担类似于助动词作用的词。与之相对的本来的动词就叫本动词（「本動詞」）。补助动词与类似用法的补助形容词并称为“补助用言”。补助动词除了「あり」「をり」「居(ゐ)る」「行(ゆ)く」「来(く)」「みる」「おく」等之外，大多来自于敬语本动词。敬语补助动词一般接在其他动词、助动词的连用形或者「て」「ぞ・なむ・か」等助词之后添加尊敬的含义。例如：「時めきたまふ」「集まりさぶらふ」等。敬语补助动词与本动词一样，也有尊他敬语、自谦敬语和郑重敬语之分。

主要的尊他敬语动词及补助动词如下：

尊敬語一覧表

<table>
<tr><th colspan="4">本動詞</th><th colspan="3">補助動詞</th></tr>
<tr><th>語</th><th>活用</th><th>普通語</th><th>口語訳</th><th>語</th><th>活用</th><th>口語訳</th></tr>
<tr><td>みまそがり</td><td rowspan="2">ラ変</td><td rowspan="2">あり・をり</td><td rowspan="7">いらっしゃる・おいでになる</td><td></td><td></td><td></td></tr>
<tr><td>いますがり</td><td>～いますがり</td><td>ラ変</td><td rowspan="6">～ていらっしゃる・～でおいでになる</td></tr>
<tr><td>ます</td><td rowspan="2">四段</td><td rowspan="8">あり・をり・行く・来(く)</td><td>～ます</td><td rowspan="2">四段</td></tr>
<tr><td>まします</td><td>～まします</td></tr>
<tr><td>います</td><td>サ変</td><td>～います</td><td>サ変</td></tr>
<tr><td>おはす</td><td>サ変</td><td>～おはす</td><td>ラ変</td></tr>
<tr><td>おはします</td><td>四段</td><td>～おはします</td><td>四段</td></tr>
<tr><td>おはさふ</td><td rowspan="2">四段</td><td rowspan="3">いらっしゃる（主語は複数の人物）</td><td>～おはさふ</td><td rowspan="2">四段</td><td rowspan="3">～ていらっしゃる（主語は複数の人物）</td></tr>
<tr><td>おはしまさふ</td><td>～おはしまさふ</td></tr>
<tr><td>おはさうず</td><td>サ変</td><td>～おはさうず</td><td>サ変</td></tr>
<tr><td>たぶ</td><td rowspan="2">四段</td><td rowspan="3">与ふ・授く</td><td rowspan="3">くださる・お与えになる</td><td>～たぶ</td><td>四段</td><td rowspan="3">お～になる・お～なさる</td></tr>
<tr><td>たまふ</td><td>～たまふ</td><td rowspan="2">下二段</td></tr>
<tr><td>たまはす</td><td>下二段</td><td>～たまはす</td></tr>
<tr><td>仰(おほ)す</td><td rowspan="2">下二段</td><td rowspan="6">言ふ</td><td rowspan="6">おっしゃる</td><td rowspan="8"></td><td rowspan="8"></td><td rowspan="8"></td></tr>
<tr><td>仰(おほ)せらる</td></tr>
<tr><td>仰(おほ)せたまふ</td><td>四段</td></tr>
<tr><td>のたぶ</td><td rowspan="2">四段</td></tr>
<tr><td>のたまふ</td></tr>
<tr><td>のたまはす</td><td>下二段</td></tr>
<tr><td>聞(き)こす</td><td rowspan="2">四段</td><td>聞く・言ふ</td><td>お聞きになる・おっしゃる</td></tr>
<tr><td>聞(き)こし召(め)す</td><td>聞く・食ふ・飲む・治む</td><td>お聞きになる・めしあがる・お治めになる</td></tr>
<tr><td>召(め)す</td><td rowspan="3">四段</td><td rowspan="3">食ふ・飲む・着る・乗る</td><td rowspan="3">めしあがる・お召しになる・お乗りになる</td><td>～めす</td><td>四段</td><td>お～になる・お～なさる</td></tr>
<tr><td>まゐる</td><td rowspan="4"></td><td rowspan="4"></td><td rowspan="4"></td></tr>
<tr><td>たてまつる</td></tr>
<tr><td>御覧ず</td><td>サ変</td><td rowspan="2">みる</td><td rowspan="2">ご覧になる</td></tr>
<tr><td>みそなはす</td><td>四段</td></tr>
</table>

续表

本動詞				補助動詞		
語	活用	普通語	口語訳	語	活用	口語訳
遊(あそ)ばす	四段	遊ぶ・す	詩歌、管弦の遊びをなさる・なさる	～遊ばす	四段	お～になる・お～なさる
思(おも)ほす	四段	思ふ	お思いになる			
思(おぼ)す						
思(おぼ)し召(め)す						

除了表示尊他的敬语动词和补助动词之外，尊他敬语还包括敬语助动词「る」「らる」以及上代敬语助动词「す」(四段型)。此外，使役助动词「す」「さす」「しむ」与其他尊他敬语重叠使用(例如：「せたまふ」「させたまふ」「しめたまふ」等)，构成更高程度的敬语。另一方面，敬语助动词「る」「らる」并没有这样的用法，如果出现与「たまふ」等尊他敬语并用的情况(例如：れたまふ」「られたまふ」)，这里的「る」「らる」就是尊敬之外的其他用法，即可能是被动或自发。

(二) 自谦敬语

自谦敬语(「謙譲語」)是说话者(作者)用于自己话题中出现的人物的动作，通过贬低此人来抬高动作的对象，以此对动作的对象表达敬意的语言。例如：「聞こゆ」「奉る」「参る」「申す」等动词及补助动词以及接在「思ふ」「見る」「聞く」等词之后表示自谦的下二段活用补助动词「給ふ」。

主要的自谦敬语动词及补助动词如下：

謙譲語一覧表

本動詞				補助動詞		
語	活用	普通語	口語訳	語	活用	口語訳
まゐる	四段	行く・来(く)	うかがう・参上する	～まゐらす		
まうづ	下二段		参詣する			
まゐらす		与ふ・授く	献上する・さしあげる		下二段	～てさしあげる・お～申し上げる

续表

本動詞				補助動詞		
語	活用	普通語	口語訳	語	活用	口語訳
まかる	四段	退く・去る	退去する			
まかづ	下二段					
さぶらふ	四段	あり・をり・仕ふ	お仕えする・お控え申す			
さうらふ						
はべり	ラ変					
まつる	四段	仕ふ	お仕えする			
つかまつる						
たてまつる	四段	与ふ	献上する・さしあげる			
たまはる	四段	受く	ただく			
うけたまはる						
たまふ	下二段	受く・飲む・食ふ		～たまふ	下二段	～させていただきます
	注：謙譲の本動詞としての用例は少ない。謙譲の補助動詞は主に「思ふ」「見る」「聞く」につく。					
まうす	四段	言ふ	申し上げる	～まうす	四段	お～申し上げる・お～する・お～いたす
まうさす	下二段					
きこゆ	下二段			～きこゆ	下二段	
きこえさす				～きこえさす		
いたす	四段	す	いたします			
いただく	四段	もらふ	いただく			
存ず	サ変	知る・思ふ	存じます			

(三) 郑重敬语

郑重敬语(「丁寧語」)是说话者为了对说话对象采取郑重的表达方式所使用的语言。「文語」里只有两个郑重敬语动词，即「侍(はべ)り」和「候(さうら)ふ」(由「さぶらふ」的音变化而来)，一般只出现在会话当中。

謙譲語一覧表

<table>
<tr><th colspan="4">本動詞</th><th colspan="3">補助動詞</th></tr>
<tr><th>語</th><th>活用</th><th>普通語</th><th>口語訳</th><th>語</th><th>活用</th><th>口語訳</th></tr>
<tr><td>さぶらふ</td><td rowspan="2">四段</td><td rowspan="3">あり・をり</td><td rowspan="3">あります・
おります・
ございます</td><td>～さぶらふ</td><td rowspan="2">四段</td><td rowspan="3">～ます・
～です・
～でございます</td></tr>
<tr><td>さうらふ</td><td>～さうらふ</td></tr>
<tr><td>はべり</td><td>ラ変</td><td>～はべり</td><td>ラ変</td></tr>
</table>

后篇

古典文学导读

一 『枕草子』

（一）作品评鉴

在日本文学史上，《枕草子》与《源氏物语》齐名，被誉为平安文学的双璧，其作者清少纳言与《源氏物语》的作者紫式部都是平安中期代表性的女性作家。

清少纳言的曾祖父与父亲都是平安时期著名的学者、和歌诗人，她自小便从父亲清原元辅那里接受了汉诗、和歌等方面的熏陶，具备深厚的古典文学的修养，故被当时的权臣藤原道隆选为其女——一条天皇中宫藤原定子身边的女官。其间十年左右，清少纳言在宫中得到了中宫定子的尊重和信任，有机会与藤原道隆、藤原道长等权贵接触，并与藤原实方、藤原公任等文人相交，恣意挥洒其非凡的才华，直至定子离世，清少纳言的人生也转向落寞悲凉。一般认为“少纳言”是其在宫中的官称，而“清”则是其本姓清原的略称。

《枕草子》的具体写作年代不详，据估计是在宫中供职期间开始执笔，而最终成书则是在中宫定子去世之后的宽弘（公元1004年—公元1012年）末年左右。关于“枕草子”一名的由来，作者在跋文中提到，中宫定子的兄长藤原伊周向其进献纸张，中宫询问清少纳言“在上面写些什么呢？”答曰：「枕にこそは侍（ハベ）らめ」，于是中宫便将纸张赐予了她。这里的「枕」自然并非“枕头”，而是指「歌枕」（和歌用语辞典）、「枕頭（チントウ）書」（手头备忘录）或者「枕中書」（宫中供职必备手册）之类，「草子」则是用假名书写的物语、日记、和歌等文学形式的总称。

《枕草子》被誉为日本随笔文学的鼻祖，它的出现为日本文学在形式上开创了新的领域，其独特的审美意识与表现手法给予后世的日本文学以深远影响，在文学史上与鸭长明的《方丈记》、吉田兼好的《徒然草》并称日本三大随笔。

在这一部随笔集中，作者以自由挥洒之笔记载了自己在出仕中宫定子期间于宫廷生活中的体验、见闻、感想等，由三百多段长短不一的篇章组成。作者独特的气质和超人的智慧闪烁其间，行文优美，风格简朴，体现出卓越的文学表现力。全文从内容上可分为三类：

（1）类聚篇：作者对某些事物经过长期细致深入的观察与思考，将彼此相关或相悖的事物分门别类，先以总括性的语言作为这类章段的开头，然后分别列举各项有关事物，并穿插必要的说明与论辩。此类章段的语言特点是多以体言和用言的连体形来结句，如节选2「うつくしきもの」便属于此类。

(2) 回想篇：这部分带有日记色彩，主要记载了作者在宫中任职期间的见闻。作者并非单纯记录其个人生活，而是以中宫定子为中心记录了与其有关的人与事，其中不时流露出作者对自己聪明才智的自负，但更多的还是对中宫定子懿德与美行的称颂以及对以定子为中心的后宫文化的赞美。节选3「雪のいと高う降りたるを」便属此列。

(3) 随想篇：此类篇章最具随笔风格，其内容主要是对平安时期的京都一年四季自然景物的变化及其独特的人文风情的观察与感怀。此类作品笔触明快而情趣盎然，引人遐想，极富魅力。其中最为有名的当推开篇第一段，即节选1「春はあけぼの」。作者将春之拂晓、夏之夜晚、秋之黄昏、冬之清晨这四时中极具典型特色的景象描绘得如诗如画，道出了作者对人与自然的细腻感受。《枕草子》中有不少此类章段，堪称全书之精华。

本书最大的特色就是简洁、率真、洗练。与《源氏物语》中「もののあわれ」的情趣世界不同，作者凭借敏锐而纤细的贵族化、女性化的感觉，营造了一个清纯优美的「をかし」的诗意世界，给人以美的享受。

(二) 节选

1

春はあけぼの(第1段)

原文

春はあけぼの。やうやう白くなりゆく山ぎは、少し明かりて、紫だちたる雲の細くたなびきたる。

夏は夜。月の頃はさらなり。やみもなほ、ほたるの多く飛びちがひたる。また、ただ一つ二つなど、ほのかにうち光りて行くもをかし。雨など降るもをかし。

秋は夕暮れ。夕日のさして山の端いと近うなりたるに、烏の、寝どころへ行くとて、三つ四つ、二つ三つなど飛び急ぐさへあはれなり。まいて、かりなどのつらねたるが、いと小さく見ゆるは、いとをかし。日入り果てて、風の音、虫の音など、はた言ふべきにあらず。

冬はつとめて。雪のふりたるは言ふべきにもあらず、霜のいと白きも、またさらでもいと寒きに、火など急ぎおこして、炭(すみ)持てわたるも、いとつきづきし。昼になりて、ぬるくゆるびもていけば、火をけの火も、白き灰がちになりてわろし。

解释

本文

春はあけぼの[1]。やうやう[2]白くなりゆく山ぎは[3]、少し明かりて[4]、紫(むらさき)だちたる[5]雲の細くたなびきたる[6]。

夏は夜。月の頃はさらなり[7]。闇(やみ)もなほ[8]、蛍(ほたる)の多く飛びちがひたる。また、ただ一つ二つなど、ほのかにうち光りて行(ゆ)くもをかし[9]。雨など降るもをかし。

秋は夕暮(ゆふぐ)れ。夕日(ゆふひ)の[10]さして山の端(は)[11]いと近うなりたるに[12]、烏(からす)の[13]、寝どころへ行くとて、三

解説

[1] 春はあけぼの：余情感を表す「体言止め」。あとには「をかし」などの言葉が省略されている。夏以下も同じ。「あけぼの」は夜がほのぼのと明けようとするころ。夜明け方。

[2] やうやう：「ようよう」と読む。次第に。だんだんと。

[3]山ぎは：「山ぎわ」と読む。空の、山の稜線(りょうせん)に接するあたり。⇔山の端

[4] あかりて：あかるくなって。

[5] 紫だちたる：タ行四段活用動詞「紫だつ」(紫色がかる)の連用形＋完了・存続の助動詞「たり」の連体形。

[6] 雲の細くたなびきたる：「雲の」の「の」が主格の格助詞。ここの「たなびきたる」は「連体形止め」で、余情や詠嘆を表す。「たなびき」はカ行四段活用動詞「たなびく」(雲・霞や、煙が横に長く引く)の連用形。「たる」は完了・存続の助動詞「たり」の連体形。「たる」が準体法なので、あとには「様子」や準体格の格助詞「の」などを補って訳出する。また、そのあとには「をかし」などの言葉が省略されている。あとの「蛍の多く飛びちがひたる。」も同じ。

[7] さらなり：ナリ活用形容動詞。言うまでもない。もちろんだ。

[8] なほ：「なお」と読む。やはり。

[9] をかし：シク活用形容詞の終止形。趣· 風情がある。趣深い。おもしろみを感じる。

[10] 夕日の：ここの「の」は主格の格助詞。…が。

[11] 山の端：山の、空に接する部分。山の稜線。⇔山ぎわ

[12] いと近うなりたるに：「いと」は副詞。たい

つ四つ、二つ三つなど飛び急ぐさへ[14]あはれなり[15]。まいて[16]、雁(かり)などの[17]つらねたる[18]が、いと小さく見ゆる[19]は、いとをかし。日入り果(は)てて、風の音(おと)、虫の音(ね)など、はた言ふべきにあらず[20]。

冬はつとめて[21]。雪のふりたる[22]は言ふべきにもあらず、霜(しも)のいと白きも、またさらでも[23]いと寒きに、火など急ぎおこして、炭(すみ)持てわたる[24]も、いとつきづきし[25]。昼になりて、ぬるくゆるびもていけば[26]、火桶(ひおけ)[27]の火も、白き灰(はい)がち

そう。非常に。「近う」はク活用形容詞「近し」の連用形「近く」のウ音便。「たる」は完了・存続の助動詞「たり」の連体形。「に」は時・場合を表す格助詞。…に。…ときに。

[13] 鳥の：ここの「の」は主格の格助詞。…が。

[14] さへ：副助詞。…までも

[15] あはれなり：ナリ活用形容動詞「あはれなり」の終止形。しみじみとした趣がある。

[16] まいて：副詞。「まして」のイ音便。いうまでもなく。いわんや。

[17] の：同格の格助詞、…で。主格の「が」とも扱われる。

[18] つらねたる：「つらね」はナ行下二段活用動詞「つらぬ」の連用形。「たる」は完了・存続の助動詞「たり」の連体形。あとには「の」を補って訳出する。

[19] 見ゆる：ヤ行下二段活用動詞「見ゆ」の連体形。あとには「様子」や準体格の格助詞「の」などを補って訳出する。

[20] はた言ふべきにあらず：またいうまでもない。「はた」は副詞。…もまた。やはり。さらにまた。「言ふべきに(も)あらず」は言うまでもない、の意。動詞「言ふ」の終止形＋可能の助動詞「べし」の連体形＋断定の助動詞「なり」の連用形「に」(＋係助詞「も」)＋補助動詞「あり」の未然形＋打消の助動詞「ず」の終止形。

[21] つとめて：早朝。人が動き出す時分。

[22] 雪の降りたる：「の」は主格の格助詞。「たる」は完了・存続の助動詞「たり」の連体形。あとには「朝」などを補って訳出する。このあとの、「白き」や「寒き」も同じ。

[23] さらでも：そうでなくても。つまり、雪や霜が降っていなくても。ラ変動詞「さり」の未然形＋打消しの接続助詞「で」＋係助詞「も」。

に[28]なりてわろし[29]。

[24] 持てわたる:持って行く。持って来る。「持て」は「もちて」の促音化「もって」の促音便「っ」が無表記化したもの。
[25] つきづきし:形容詞「つきづきし」の終止形。似つかわしい。ふさわしい。調和している。
[26] ゆるびもていけば:(寒さが)だんだんとやわらいでいくと。次第に緩んでいくと。「ゆるび」はバ行四段活用動詞「ゆるぶ」(暑さや寒さがやわらぐ)の連用形。「もていけ」はカ行四段活用動詞「もていく」の已然形。他の動詞の連用形に付く。しだいに…してゆく。だんだん…になる。
[27] 火桶:木製の丸火鉢。胴の表面に漆を塗って蒔絵(まきえ)を施したものもある。
[28] 灰がちに:「がちに」は名詞や動詞の連用形について、形容動詞化する接尾語「がちなり」の連用形。そうなりやすい。…が目立つようになる。
[29] わろし:ク活用形容詞「わろし」の終止形。他と比較してよくないようす、普通よりも劣っているようすを表す。見栄えがしない。みっともない。

译文

原文

春はあけぼの。やうやう白くなりゆく山ぎは、少し明かりて、紫だちたる雲の細くたなびきたる。

夏は夜。月の頃はさらなり。闇もなほ、蛍の多く飛びちがひたる。また、ただ一つ二つなど、ほのかにうち光りて行くもをかし。雨など降るもをかし。

秋は夕暮れ。夕日のさして山の端いと近うなりたるに、烏の、寝どころへ行くとて、三つ四つ、二つ三

現代日本語訳

春は明け方(が趣がある)。だんだん、白くなっていく山ぎわが、少し明るくなって、紫がかった雲が、細くたなびいているの(が趣がある)。

夏は夜(が趣がある)。月のあるころは言うまでもない。月のない闇夜ですらも、蛍が多く飛び交っているの(が趣がある)。ただ、一ひき、二ひきなど(の蛍)が、かすかに光って飛んでいくのも、趣がある。雨などが降るのも、趣がある。

秋は夕暮れ(が趣がある)。夕日がさして、山の端にたいそう近くなったころに、烏が、ねぐらに帰ろうとして、三羽四羽、あるいは二羽三羽など、

つなど飛び急ぐさへあはれなり。まいて、雁などのつらねたるが、いと小さく見ゆるは、いとをかし。日入り果てて、風の音、虫の音など、はた言ふべきにあらず。

冬はつとめて。雪のふりたるは言ふべきにもあらず、霜のいと白きも、またさらでもいと寒きに、火など急ぎおこして、炭持てわたるも、いとつきづきし。昼になりて、ぬるくゆるびもていけば、火桶の火も、白き灰がちになりてわろし。

飛びいそぐのまでも、しみじみとした趣がある。まして、雁などで列をつくっているのが、(遠くを飛んだりして)たいそう小さく見えるのは、とても趣がある。日がすっかり沈んでしまって、風の音や虫の声(が聞こえてくるの)は、これもまた言うまでもな(く趣が深)い。

冬は、早朝(が趣がある)。雪が降り積もっている朝は、言うまでもない。霜が(降りて)、たいそう白くなっているのも、また、そうでなくとも、たいそう寒い朝に、火などを急いで起こして、炭火を持って、廊下などをわたるのも、(冬らしくて)とても似つかわしい。(しかし、)昼になって、寒さがしだいにゆるんでいくと、火おけの火も、白い灰が目立つようになって、みっともない。

2

うつくしきもの(第151段)

原文

うつくしきもの。瓜に描きたるちごの顔。雀の子の、ねず鳴きするに踊り来る。二つ三つばかりなるちごの、急ぎて這ひくる道に、いと小さき塵のありけるを、目ざとに見つけて、いとをかしげなる指にとらへて、大人などに見せたる、いとうつくし。頭は尼そぎなるちごの、目に髪のおほへるをかきはやらで、うち傾きてものなど見たるも、うつくし。

解释

本文

うつくしき[1]もの。

瓜(うり)に描(か)きたるちごの顔(かほ)[2]。

雀(すずめ)の子の、ねず鳴きするに踊(をど)り来る[3]。

解説

[1] うつくしき:シク活用形容詞「うつくし」の連体形。(小さい、幼いものに愛着を感じて)かわいい。かわいらしい。

[2] 瓜に描きたるちごの顔:余情感を表す「体言止め」。「描き」はカ行四段活用「かく」の連用形。「たる」は完了・存続の助動詞「たる」の連体形。「ちご」は幼児、枕草子では四歳までをいう。

[3] すずめの子の、ねず鳴きするに踊り来る:「子の」の「の」は主格の格助詞。「ねず鳴き」はねずみ

の鳴き声をまねて、ちゅうちゅうと言うこと。「する」はサ行変格活用動詞「す」の連体形。「に」は接続助詞。…と。…ところ。「踊り来る」は(ぴょんぴょん)飛び跳ねて(近寄って)来る、の意。「来る」はカ行変格活用動詞「く」の連体形。ここは余情、詠嘆を表す「連体形止め」で、あとには「様子」や準体格の格助詞「の」などを補って訳出する。そのあとには「うつくし」などの言葉が省略されている。

二つ三つばかりなるちごの[4]、急ぎて這(は)ひくる道に、いと小(ちひ)さき塵(ちり)のありけるを[5]、目(め)ざとに見つけて[6]、いとをかしげなる[7]指(およびゆび)にとらへ[8]て、大人などに見せたる[9]、いとうつくし。

[4] 二つ三つばかりなるちごの：二歳か三歳ぐらいの幼児が。「なる」は断定の助動詞「なり」の連体形。「ちごの」の「の」は主格の格助詞。

[5] いと小さき塵のありけるを：「いと」は副詞。たいそう。非常に。「小さき」は形容詞・ク活用「ちひさし」の連体形。「塵の」の「の」は主格の格助詞。「あり」はラ行変格活用「あり」の連用形。「ける」は過去の助動詞「けり」連体形。「を」は格助詞。

[6] 目ざとに見つけて：「めざとに」はナリ活用形容動詞「めざとなり」の連用形。目ざとく。「見つけ」は下二段活用動詞「見つく」の連用形。

[7] をかしげなる：愛らしい様子。可愛らしい様子。「げなり」は形容詞の語幹などに付いて形容動詞化する接尾語。「…ように見える」「…ようである」。

[8] とらへ：ハ行下二段活用「とらふ」の連用形。

[9] 見せたる：「見せ」サ行下二段活用「みす」連用形。「たる」存続の助動詞「たり」の連体形。

頭(かしら)は尼(あま)そぎなる[10]ちごの、目に髪(かみ)のおほへる[11]をかきはやらで[12]、うち傾(かたぶ)き[13]てものなど見たるも、うつくし。

[10] 尼そぎなる：当時の尼は、髪の毛を肩のあたりで切りそろえていた。「尼そぎ」はそのような髪型。おかっぱ。「なる」は断定の助動詞「なり」の連体形。

[11] おほへる：かぶさっている。「おほへ」はハ行四段活用「おほふ(覆ふ)」の已然形。「る」は完了・

存続の助動詞「り」の連体形。あとには準体格の格助詞「の」を補って訳出する。

[12] かきはやらで:「かきはやら」は「かきやる」の間に係助詞「は」が入り込んだもの。「かきやら」はラ行四段活用動詞「かきやる(掻き遣る)」の未然形。掻きのける。払いのける。「で」は打ち消しの接続助詞。…ないで。…ずに。

[13] うち傾き:カ行四段活用動詞「うち傾く」の連用形。(ちょっと)首をかしげる。「うち」は接頭語。語調を整える。ほんの少し。

译文

原文

うつくしきもの。瓜に描きたるちごの顔。雀の子の、ねず鳴きするに踊り来る。二つ三つばかりなるちごの、急ぎて這ひくる道に、いと小さき塵のありけるを、目ざとに見つけて、いとをかしげなる指にとらへて、大人などに見せたる、いとうつくし。頭は尼そぎなるちごの、目に髪のおほへるをかきはやらで、うち傾きてものなど見たるも、うつくし。

現代日本語訳

かわいらしいもの。瓜に描いてある幼児の顔。すずめの子が、(人が)ねずみの鳴き声のまねをしてチュウチュウとすると、(ぴょんぴょん)飛び跳ねてやってくる(のも、かわいらしい)。二歳か三歳ぐらいである幼児が、急いで這ってくる途中に、とても小さいごみがあったのを、目ざとく見つけて、とても愛らしげな指でつまんで、大人などに見せているのは、実にかわいらしい。頭はおかっぱである幼児が、目に髪の毛がおおいかぶさっているのを、かきのけもしないで、首をかしげてものなどを見ているのも、かわいらしい。

3

雪のいと高う降りたるを(第299段)

原文

雪のいと高う降りたるを例ならず御格子まゐりて、炭櫃に火おこして、物語などして集まりさぶらふに、「少納言よ、香炉峰の雪いかならむ。」と仰せらるれば、御格子上げさせて、御簾を高く上げたれば、笑はせたまふ。

人々も「さることは知り、歌などにさへ歌へど、思ひこそよらざりつれ。なほ、この宮の人にはさべきなめり。」と言ふ。

解释

本文

雪のいと高う降りたるを[1]例ならず[2]御格子(みかうし)まゐり[3]て、炭櫃(すびつ)[4]に火おこして、物語[5]などして集まりさぶらふに[6]、

「少納言(せうなごん)よ、香炉峰(かうろほう)の雪[7]いかならむ[8]。」と仰(おほ)せらるれば[9]、御格子上げさせ[10]て、御簾(みす)を高く上げたれば[11]、笑はせたまふ[12]。

解説

[1] 雪のいと高う降りたるを：「雪の」の「の」は主格の格助詞。…が。「いと」は副詞。たいそう。非常に。「高う」はク活用形容詞「高し」の連用形「高く」のウ音便。「降り」はラ行四段活用動詞「降る」の連用形。「たる」は完了・存続の助動詞「たり」の連用形。「を」は逆接の接続助詞。…のに。

[2] 例ならず：いつもと違って。いつもなら、雪が降ったら御格子を上げて雪を鑑賞するのであったが、または、御格子を上げる時刻になったが、この日は寒さが厳しかったので下ろしたままにしていたということ。

[3] まゐり：ラ行四段活用動詞「まゐる」の連用形。「さしあげる」「する」などの意の謙譲語。ここでは、（御格子を）お下ろしして、の意。中宮定子への敬意を表す。

[4] 炭櫃：床(ゆか)を切って作った四角の炉。いろり。一説に、部屋に据えつけた角火鉢(かくひばち)。

[5] 物語：話。談話。雑談。話をすること。

[6] 集まりさぶらふに：「集まり」はラ行四段活用動詞「集まる」の連用形。「さぶらふ」はハ行四段活用動詞「さぶらふ」の連体形。貴人のそばに仕える意の謙譲語。お仕え申し上げる。おそばにお控え申し上げる。中宮定子への敬意を表す。「に」は接続助詞。…と。…ところ。

[7] 香炉峰の雪：「香炉峰」は中国江西省にある盧山(ろざん)の北峰。山の形が香炉に似ているところからこの名がある。日本では古来、白居易の「香炉峰の雪は簾(すだれ)を撥(かか)げて看(み)る。」（『白氏文集』）の一句で名高い。

[8] いかならむ：「いかなら」はナリ活用形容動詞

「いかなり」の未然形。状態・状況・程度・理由などを疑う意を表す。どうだ。どのようだ。「む」は推量の助動詞「む」の連体形。

[9] 仰せらるれば:「仰せ」はサ行下二段活用動詞「仰す」の未然形。「言ふ」の尊敬語。おっしゃる。「らるれ」は尊敬の助動詞「らる」の已然形。「おほせらる」の形全体で、「言ふ」の最高レベルの尊敬語となる。だから、ここの動作主は中宮定子。「ば」は接続助詞。…ので。

[10] 上げさせ:「上げ」はガ行下二段活用動詞「あぐ」の未然形。「させ」は使役の助動詞「さす」の連用形。

[11] 上げたれば:「上げ」はガ行下二段活用動詞「あぐ」の連用形。「たれ」は完了の助動詞「たり」の已然形。「ば」は接続助詞。…と。…ところ。

[12] 笑はせたまふ:「笑は」はハ行四段活用動詞「笑ふ」の未然形。「せ」は尊敬の助動詞「す」の連用形。「たまふ」は尊敬の補助動詞(ハ行四段活用)の終止形。「せたまふ」は二重尊敬· 最高敬語なので、ここの動作主は中宮定子。

人々も「さること[13]は知り、歌などにさへ歌へど[14]、思ひこそよらざりつれ[15]。なほ[16]、この宮の人[17]にはさべき[18]なめり[19]。」と言ふ。

[13] さること:白居易の詩句「香炉峰の雪は簾(すだれ)を撥(かか)げて看(み)る。」のこと。「さる」は連体詞。そのような。そういう。

[14] 歌などにさへ歌へど:「さへ」は副助詞。…までも。「歌へ」はハ行四段活用動詞「歌ふ」の已然形。「ど」は逆接の接続助詞。…けれども。…が。

[15] 思ひこそよらざりつれ:「思ひこそよら」は「思ひよる」の間に係助詞「こそ」が入ったもの。「思ひよら」はラ行四段活用動詞「思ひよる」の未然形。思いつく。「ざり」は打消の助動詞「ず」の連用形。「つれ」は完了の助動詞「つ」の已然形。「こそ…つれ」は係り結びとなっている。

[16] なほ:「なお」と読む。副詞。やはり。

[17] この宮の人:この中宮様の女房。

[18] さべき:「さるべき」の変化。「さ」は副詞またはラ行変格活用「さり」の連体形「さる」の撥音便無表記。「べき」は当然または適当の助動詞「べし」の連体形。「さんべき」と読むのがルール。ふさわしい。

[19] なめり:「なるめり」の変化。「な」は断定の助動詞「なり」の連体形の撥音便無表記。「めり」は推量の助動詞「めり」の終止形。「なんめり」と読むのがルール。…であるようだ。…であるように見える。

译文

原文

雪のいと高う降りたるを例ならず御格子まゐりて、炭櫃に火おこして、物語などして集まりさぶらふに、「少納言よ、香炉峰の雪いかならむ。」と仰せらるれば、御格子上げさせて、御簾を高く上げたれば、笑はせたまふ。

人々も「さることは知り、歌などにさへ歌へど、思ひこそよらざりつれ。なほ、この宮の人にはさべきなめり。」と言ふ。

現代日本語訳

雪がたいそう高く降り積もっているのに、いつもと違って、御格子をお下ろしして、角火鉢に火を起こして、(女房たちが)話などをして集まり(中宮様のお側に)お控え申し上げていると、(中宮様が)「少納言よ、香炉峰の雪は、どうであろうか。」とおっしゃるので、(ほかの女房に)御格子を上げさせて、御簾を高く(巻き)上げたところ、(中宮様は満足して)お笑いになる。

(他の)女房たちも「(私たちも)そのようなこと(=白居易の詩のこと)は知っており、歌などにまでも歌うけれども、(そうすることは)思いつきませんでしたよ。(あなたは)やはり、この中宮様にお仕えする人としてはふさわしいようだ。」と言う。

(三) 重点语法

1. 連体形の用法

「連体形」は用言· 助動詞の活用形の一で、その用法は主に次のようなものがある。

① 体言を修飾する。例えば、「紫だちたる雲」における「紫だちたる」。

② 係助詞「ぞ」「なむ」「や」「か」を受けて文を終止する（係り結び）。例えば、「ただ水の泡にぞ似たりける」（『方丈記· ゆく河の流れ』）における「似たりける」。

③ 単独で詠嘆的に文を終止する（連体形止め）。例えば、「…紫だちたる雲の細くたなびきたる」における「たなびきたる」。

④ 下にくるべき体言が省略された形で体言と同等の資格をもつ（準体法）。例えば、「雨など降るもをかし」における「降る」。

2. 本文に出ている敬語の一覧

雪のいと高う降りたるを例ならず御格子まゐりて、炭櫃に火おこして、物語などして集まりさぶらふに、「少納言よ、香炉峰の雪いかならむ。」と仰せらるれば、御格子上げさせて、御簾を高く上げたれば、笑はせたまふ。

<table>
<tr><th>語</th><th>敬語の種類</th><th>動作主</th><th>敬意の主体
（誰からの敬意か）</th><th colspan="2">敬意の対象
（誰に対する敬意か）</th></tr>
<tr><td>まゐり</td><td>謙譲の本動詞</td><td>女房たち</td><td>作者</td><td>中宮様</td><td rowspan="2">動作をされる人（客体）</td></tr>
<tr><td>さぶらふ</td><td>謙譲の補助動詞</td><td>女房たち</td><td>作者</td><td>中宮様</td></tr>
<tr><td>仰せらるれ</td><td>尊敬の本動詞＋
尊敬の助動詞
（最高敬語）</td><td>中宮様</td><td>作者</td><td>中宮様</td><td rowspan="2">動作をする人（主体）</td></tr>
<tr><td>せたまふ</td><td>尊敬の助動詞＋
尊敬の補助動詞
（最高敬語）</td><td>中宮様</td><td>作者</td><td>中宮様</td></tr>
</table>

3. 最高敬語（二重敬語）

古典の敬語とは、昔、日本が身分制社会だった頃、その身分の違いを意識したり表現したりするために使われた言葉である。中でも会話文以外の文（地の文という）において、帝・上皇・皇后・皇太子など最高階級の人に対して最高度の敬意を表す語を最高敬語という。会話文では、話し手と聞き手との関係で敬意の程度が決まるので、自分の主人や「児のそら寝」の児などにも使われるように最高階級とは限らない。

たとえば、「おはします」「おぼしめす」「聞こしめす」「ご覧ず」「たまはす」「のたまはす」「…せ給（タマ）ふ」「…させ給ふ」などの語である。このうち「…せ給ふ」「…させ給ふ」などのように「せ」や「させ」という尊敬の助動詞に「給ふ」という尊敬語を重ねることによって最高度の敬意を表す表現法を「二重敬語」という。その他に、「せ」＋「おはします」、「させ」＋「おはします」などもよく使われる例である。

「雪のいと高う降りたるを」（节选 3）において、「仰せらる」「笑はせたまふ」の動作主が中宮様なので、最高敬語を使っている。

因みに、会話文で帝などの最高階級の人物が自分の動作に尊敬語を用いたり、相手の自分に対する動作に謙譲語を用いる「自敬表現」もあり、作者の敬意が混入したものとされる。また、「奏す」「啓す」二語が「絶対敬語」と呼ばれ、前者は天皇・上皇・法皇に申し上げる、後者は皇太后・皇后・中宮・皇太子に申し上げる意味で用いられる。

(四) 古文常识

1. 体言止め・連体形止め

「体言止め」とは、文の終わりを体言(＝名詞)で言い切る表現法で、特に和歌や俳句で用いられ、余情・詠嘆の気持ちを表す効果がある。「連体形止め」とは、係り結びの形をとらずに、文を連体形で終止し、余情効果を期待する技法である。これは、古典独特の方法で、『枕草子』にも多用され、その文体的特徴の一つとなる。

例えば、「春はあけぼの。…紫だちたる雲の細くたなびきたる。」「夏は夜。…ほたるの多く飛びちがひたる。」「秋は夕暮れ。」「冬はつとめて。」(节选 1)といった余韻のある表現によって、季節感を最も強く印象付ける時間帯が四季それぞれについて示されている。また、「うつくしきもの。瓜に描きたるちごの顔。雀の子の、ねず鳴きするに踊り来る。」(节选 2)という歯切れのよい文体で「うつくしきもの」がいちいち列挙されている。

2. 「をかし」と「もののあはれ」

「春はあけぼの」における夏・秋の連では、枕草子の一番の特徴とされる「をかし」という言葉が使われている。この言葉は、作者の豊かな感受性と観察の鋭さを、簡潔に表現しており、知的・理性的で華やかな美を象徴している。

「をかし」は「あはれ」とともに平安時代の文学を捉える上で代表的な文学理念・美的理念とされる。『源氏物語』を「あはれ」の文学と見るのに対し、『枕草子』は「をかし」の文学と説かれる。古くは「こっけいだ」の意味で使われていた「をかし」は、中古になってから対象に対する興味・賞美という美的・情緒的な用法が主流になり、そこでは同時代の「あはれ」の表すところに近似しているともいえる。しかし「あはれ」が対象に思い入った深いしみじみとした感動であり、哀感を伴う情趣であるのに比べて、「をかし」は概して対象を外部から余裕をもってみて、そこに興趣を覚え、快感を誘われて喜ぶような面がある。『枕草子』はこういう「をかし」の美がとくに際だっている作品で、用例数のうえでも「をかし」は「あはれ」の数倍に達している。「もののあはれ」は、本居宣長が『源氏物語玉の小櫛』(1799 刊)において指摘した言葉である。「もの」すなわち対象客観と、「あはれ」すなわち感情主観の一致する所に生ずる調和的情趣の世界であり、優美・繊細・沈静・観照的な理念である。とくに『源氏物語』はそれを表現した最高の作品だとされる。

二 『平家物語』

(一) 作品评鉴

《平家物语》是成书于日本中世初期的军记物语,作者不详。

军记物语是出现于平安时代末期以后、以战争为主题的历史小说。在镰仓、室町时代,涌现出大量此类作品。这些作品运用富有韵律的和汉混淆文,以叙事诗的笔调描绘出日本中世时期波澜壮阔的历史画面,为后人生动展示了武士社会金戈铁马的战斗场景。《平家物语》与同为镰仓时期的《保元物语》《平治物语》《源平盛衰记》以及室町时期的《太平记》合称日本中世五大军记物语。其中,《平家物语》的思想艺术成就最高。全书时间跨度近百年,记述了平安时代末期源氏与平氏两大武士集团争夺权力的兴衰始末,是日本由中古的"公家政治"(以天皇为中心的贵族统治)向中世的"武家政治"(以将军幕府为中心的武士统治)过渡过程中风云变幻的历史艺术记录,堪称军记物语的代表之作。

关于《平家物语》的成书时间,尚无确切的定论,而流传的异本则有数十种之多。至于作者,也是众说纷纭。据吉田兼好在《徒然草》一书中所述,《平家物语》最初的作者为曾任信浓国长官的行长。其人颇有才学,当时受到延历寺座主慈镇和尚(慈圆)的庇护避世隐居。行长的作品后来由关东出身的盲人琵琶法师生佛以说唱的方式传遍日本,最后又经多位说书艺人和读者改编、增补而形成后来的版本。正因如此,《平家物语》的版本也分为两大类:一类是读本,主要供阅读;一类是话本,主要供说唱。特别值得注意的是,这部作品的诞生有赖于佛教界的中心人物慈圆(慈镇)、公家(贵族)出身的行长、与关东武士社会联系密切的生佛等人之间的协作,其中的复杂与多样是其他古典文学作品所没有的。

《平家物语》以"平源大战"这一重大历史事件为中心,采用编年体和记传体相结合的方式,着重描述了平氏一族由盛及衰、直至灭亡的演变过程。全书共 12 卷(话本在此基础上增加一部独立的终卷《灌顶卷》),紧紧围绕平氏一族的命运这条主线展开故事情节。整体结构可分为两部分:前六卷叙述了平氏一门的兴盛与荣华以及由此而引起的反对势力的集结与密谋,后六卷描写了源氏势力的进攻与源平大战,以及平家由此一步步走向没落、终而覆灭的过程。随着源氏首领源赖朝在镰仓建立幕府统治,以天皇为中心的公家朝廷从此名存实亡,政治实权转移至武士之手。作品以富有韵律的流畅的和汉混淆文描绘了这个时代蓬勃兴起的武士阶级勇猛豪迈的形象。另一方面，在这样的叙事中又渗透着一种深深的哀伤，营造出「あわれの文学」所特有的柔美阴郁的情趣，其叙述的基调正是本篇所节选的序章《祇园精舍》中表达的“盛者必衰”的无常思想。

《平家物语》是日本古典文学中继《源氏物语》之后的又一杰作，堪称日本古典文学的里程碑，对后世文学的影响极为深远。中世的谣曲・御伽草子、近世的净琉璃・歌舞伎・小说等都大量吸收了这部作品的内容要素，近代文学中也有多部作品取材于此。

（二）节选

1

祇園精舎（冒頭）

原文

祇園精舎の鐘の声、諸行無常の響きあり。沙羅双樹の花の色、盛者必衰の理をあらはす。おごれる人も久しからず。ただ春の夜の夢のごとし。たけき者も遂にはほろびぬ、ひとへに風の前の塵に同じ。

遠く異朝をとぶらへば、秦の趙高、漢の王莽、梁の朱异、唐の禄山、これらは皆、旧主先皇の政にも従はず、楽しみを極め、諫めをも思ひ入れず、天下の乱れんことを悟らずして、民間の愁ふるところを知らざつしかば、久しからずして、亡じにし者どもなり。近く本朝をうかがふに、承平の将門、天慶の純友、康和の義親、平治の信頼、これらはおごれる心もたけきことも、皆とりどりにこそありしかども、間近くは六波羅の入道前太政大臣平朝臣清盛公と申しし人のありさま、伝へ承るこそ、心も詞も及ばれね。

その先祖を尋ぬれば桓武天皇第五の皇子、一品式部卿葛原親王九代の後胤、讃岐守正盛が孫、刑部卿忠盛の嫡男なり。かの親王の御子高見王無官無位にして失せ給ひぬ。その御子高望王の時、初めて平の姓を賜はつて上総介に成り給ひしよりたちまちに王氏を出でて人臣に列なる、その子鎮守府将軍良望後には國香と改む、國香より正盛に至る六代は、諸国の受領たりしかども、殿上の仙籍をば未だ赦されず。

解释

本文

祇園精舎（ぎをんしやうじや）の鐘の声（こゑ）[1]、諸行（しよぎやう）無常（むじやう）[2]の響きあり。沙羅双樹（しやらさうじゆ）の花の色[3]、盛者必衰（じやうしやひつすい）[4]の理（ことわり）をあらはす。おごれる[5]人も久しから

解説

[1] 祇園精舎の鐘の声：「祇園精舎」はインドの須達（しゅだつ）長者が庭園を買って釈迦とその弟子のために建てて寄進した寺。寺の無常堂の四隅の鐘は病僧が亡くなるときに「諸行無常、是生滅法」と自然に鳴って、これを聞いた病僧は苦悩

ず[6]。ただ春の夜(よ)の夢のごとし[7]。たけき者も遂(つひ)にはほろびぬ[8]、ひとへに風の前の塵(ちり)に同じ[9]。

を忘れ往生を遂げたといわれている。

[2] 諸行無常：仏教の基本的教義である三法印の一。この世の中のあらゆるものは変化・生滅してとどまらないこと。この世のすべてがはかないこと。

[3] 沙羅双樹の花の色：「娑羅」はインド原産の木で常緑樹の一種。釈迦(しゃか)がインドのクシナガラの娑羅の林で入滅(＝死去)したとき、その床の四隅に生えていたという、娑羅樹の根から生じた一双ずつ八本の娑羅の木。釈迦の入滅時に、双樹の各一本ずつが枯れ、鶴のように白くなって釈迦の死の床を覆ったという。この世の無常を説くたとえに用いられる。

[4] 盛者必衰：世の中は無常であり、勢いの盛んな者もついには必ず衰えほろびるということ。

[5] おごれる：「おこれ」はラ行四段活用動詞「おごる」の已然形または命令形。おごり高ぶる。「る」は完了· 存続の助動詞「り」の連体形。

[6] 久しからず：「久しから」は形容詞「久し」の未然形。長い時間がたつ。「ず」は打消しの助動詞「ず」の終止形。

[7] ただ春の夜の夢のごとし：「ただ…ごとし」＝「ちょうど…ようだ」。「ごとし」は比況の助動詞「ごとし」の終止形。「春の夜の夢」は、覚めやすいということから「はかなさ」を表すものとして古文でよく使われている。

[8] たけき者も遂にはほろびぬ：「たけき」は形容詞「たけし」の連体形。勢いが盛んな。「遂に」は副詞。しまいに、最後に。「ほろび」はバ行上二段活用動詞「ほろぶ」の連用形。滅びる。消滅する。破滅する。「ぬ」は完了の助動詞「ぬ」の終止形。

[9] ひとへに風の前の塵に同じ：「ひとへに」は副詞。まったく。もっぱら。「風の前の塵」は物事の

遠(とほ)く異朝(いてう)をとぶらへば[10]、秦(しん)の趙高(てうかう)[11]、漢(かん)の王莽(わうまう)[12]、梁(りやう)の朱异(しうい)[13]、唐(たう)の禄山(ろくさん)[14]、これらは皆、旧主先皇(きうしゆせんくわう)の政(まつりごと)にも従はず、楽しみを極(きは)め、諫(いさ)めをも思ひ入れず[15]、天下の乱れんこと[16]を悟らずして、民間の愁(うれ)ふるところを知らざつしかば[17]、久しからずして、亡(ばう)じにし者どもなり[18]。

もろくはかないことのたとえ。風前の塵。

[10] 異朝をとぶらへば:「異朝」は外国の王朝。ここでは中国。「とぶらへ」はハ行四段活用動詞「とぶらふ」の已然形。「ば」は接続助詞。…ところ。…と。「とぶらへば」は「調べてみると」「探してみると」。

[11] 秦の趙高:秦の始皇帝の宦官。始皇帝の死後、末子胡亥を二世皇帝に立て、のち丞相李斯を獄死させ、自ら丞相となり横暴を極めた。劉邦の軍が関中に入ると、胡亥を殺し、子嬰を立てて帝としたが、その子嬰に殺された。

[12] 漢の王莽:前漢の末、漢の平帝を毒殺し、やがて帝位につき国名を新と称したが、周礼の制に基づく改革政治を断行して豪族・民衆の反発を買い、光武帝劉秀に滅ぼされた。

[13] 梁の朱异:梁の武帝に仕え、権勢をふるったが、失敗により侯景の乱を招き、責任を問われ自殺した。

[14] 唐の禄山:安禄山。唐の玄宗皇帝の臣。755年安史の乱を起こし、大燕皇帝となったが、太子に殺された。

[15] 思ひ入れず:「思ひ入れ」はラ行下二段活用の動詞「思ひ入る」の未然形。深く心に思う。「ず」は打消の助動詞「ず」の連用形。

[16] 天下の乱れんこと:天下が乱れるようなこと。「乱れ」はラ行下二段活用動詞「乱る」の未然形。「ん」は婉曲の助動詞「む」の連体形。

[17] 民間の愁ふるところを知らざつしかば:「愁ふる」はハ行下二段活用動詞「愁ふ」の連体形。嘆き悲しむ。つらく思う。「知ら」はラ行四段活用動詞「知る」の未然形。「ざつ」は打消の助動詞「ず」の連用形「ざり」の促音便。「しか」は過去の助動詞「き」の已然形。「ば」は接続助詞。ので。

[18] 亡じにし者どもなり:滅んでしまった者たち

近く本朝(ほんてう)をうかがふに[19]、承平(じょうへい)の将門(まさかど)[20]、天慶(てんぎやう)の純友(すみとも)[21]、康和(かうわ)の義親(ぎしん)[22]、平治(へいぢ)の信頼(しんらい)[23]、これらはおごれる心もたけきことも、皆とりどりにこそありしかども[24]、

である。「亡じ」はサ行変格活用の動詞「亡ず」の連用形。ほろびる。「に」は完了の助動詞「ぬ」の連用形。「し」は過去の助動詞「き」の連体形。「ども」は接尾語。同類の複数を表す。ら。「なり」は断定の助動詞「なり」の終止形。

[19] 本朝をうかがふに:「本朝」は「我が国の朝廷」「わが国」の意、ここでは日本のことを指す。「うかがふ」はハ行四段活用動詞「うかがふ」の連体形。調べ求める。尋ね求める。「に」は接続助詞。…ところ。…と。

[20] 承平の将門:平将門(たいらのまさかど)。平安中期の武将。承平5年(935年)に反乱を関東地方で起こし、939年常陸・下野・上野の国府を占領、一時関東を支配下において新皇を称したが、940年平貞盛・藤原秀郷らに討たれた。同時期の瀬戸内海における藤原純友の乱とともに承平・天慶の乱という。

[21] 天慶の純友:藤原純友(ふじわらのすみとも)。平安中期の地方豪族。伊予掾として任地に下ったが、天慶2年(939年)に瀬戸内海の海賊を率いて日振島を根拠地に乱を起こし、瀬戸内全域と九州の一部を支配。警固使橘遠保に誅せられた。

[22] 康和の義親:源義親(みなもとのよしちか)。1101年、対馬守となって以来、九州で略奪を行い、隠岐に流されたあと、康和の年間に反乱を起こしたが、1107年に平正盛に討たれた。

[23] 平治の信頼:藤原信頼(のぶより)。平安後期の廷臣。平治元年(1159年)源義朝・藤原成親と結び、対立する藤原通憲(信西)を殺害(平治の乱)したが、平清盛に敗れ、斬殺された。

[24] とりどりにこそありしかども:「とりどりに」はナリ活用の形容動詞「とりどりなり」の連用

間近くは六波羅の入道[25]前太政大臣[26]平朝臣清盛公[27]と申しし人[28]のありさま、伝へ承るこそ、心も詞も及ばれね[29]。

形。さまざまに。それぞれに。「こそ」は係助詞。「あり」はラ行変格活用の動詞「あり」の連用形。「しか」は過去の助動詞「き」の已然形。「ども」は逆接の接続助詞。ここでの「こそ」が係助詞で、「ありしか」は已然形になっているが、これは次の「ども」に続くために已然形になってるのであり、係り結びではない。このような現象を、係り結びの「結びの流れ」という。

[25] 六波羅の入道：平清盛のこと。「六波羅」とは、現在の京都市東山区松原通り付近の地名、六波羅蜜寺の所在地。平安末期には平清盛はじめ平氏一門の邸宅が並び、平氏政権の中心地となった。「入道」とは、髪をそり僧衣を着ているが、在俗のままで仏に仕え、寺に入っていない者。平安時代、天皇・皇族・貴族など身分の高い人にいうことが多く、多くは法名を付けた。清盛は1168年(仁安3年)に出家して入道になっていた。

[26] 太政大臣：律令制で、太政官の最高位にある官。職掌はなく、一種の名誉職。大相国。

[27] 平朝臣清盛公：「朝臣」は平安時代、五位以上の貴族男子の姓または名の下に付けて、敬意を表した語。身分によって付く位置が違う。三位以上には姓の下に付け(平朝臣清盛)、四位・五位には名の下に付ける(忠盛朝臣)。「公」は接尾語、大臣など貴人の姓名に付けて、尊敬の意を表す。

[28] 申しし人：「申し」はサ行四段活用動詞「申す」の連用形。「(と)言ふ」「(と)呼ぶ」の謙譲語。…とお呼びする。…と申し上げる。「し」は過去の助動詞「き」の連体形。

[29] 伝え承るこそ、心も詞も及ばれね：「伝へ承る」は下二段活用動詞「伝ふ」の連用形＋「承る」の複合動詞。伝え聞き申し上げる。「承る」は「聞く」の謙譲語。(目上の人の様子を)伝え聞く。「こ

その先祖を尋ぬれば[30]桓武(くわんむ)天皇[31]第五の皇子(わうじ)、一品式部卿(いつぽんしきぶきやう)[32]葛原親王(かづらはらしんわう)九代(くだい)の後胤(こういん)、讃岐守(さぬきのかみ)正盛(まさもり)が孫(そん)[33]、刑部卿(ぎやうぶきやう)[34]忠盛(ただもりの)朝臣(あつそん)の嫡男(ちやくなん)なり。かの親王の御(み)子(こ)高見王(たかみのわう)無官無位(むくわんむゐ)[35]にして失(う)せ給ひぬ[36]。

その御子高望王(たかもちのわう)の時、初めて平(たひら)の姓(しやう)を賜(たま)はつて上総介(かずさのすけ)[37]に成り給ひしより[38]たちまちに王氏(わうし)を出でて人臣(じんしん)に列(つら)なる[39]、その子鎮守府将軍(ちんじゆふのしやうぐん)[40]良望(よしもち)後(のち)には國香(くにか)と改む、國香より正盛に至る六代は、諸国の受領(ずりやう)たりしかども[41]、殿上(てんじやう)の仙籍(せんせき)をば未だ赦されず[42]。

そ」は係助詞。「及ば」はバ行四段活用動詞「及ぶ」の未然形。「れ」は可能の助動詞「る」の未然形。「ね」は打消の助動詞「ず」の已然形。「こそ…ね」が結び係りとなっている。

[30] 尋ぬれば:「尋ぬれ」は下二段活用動詞「尋ぬ」の已然形。「ば」は接続助詞。…ところ。…と。

[31] 桓武天皇:平安初期の第五十代天皇。794年、都を平安京に遷した。在位中は坂上田村麻呂を征夷大将軍として東北地方に派遣するなど、朝廷権力を大きく伸長した。

[32] 一品式部卿:「一品」は親王の位階の第一位。「式部卿」は律令制での八省の一つ「式部省」の長官。平安時代以後、四品以上の親王を任じた。

[33] 讃岐守正盛が孫:讃岐守正盛の孫。「が」は連体格の格助詞。…の。「讃岐」は旧国名の一。いまの香川県。「守」は昔の国の長官。

[34] 刑部卿:律令制での八省の一つ刑部省の長官。正四位下に相当。

[35] 無官無位:官職もなく、位階もない。

[36] 失せ給ひぬ:「失せ」はサ行下二段活用動詞「失す」の連用形。「給ひ」は尊敬の補助動詞(四段)「給ふ」の連用形。「ぬ」は完了の助動詞「ぬ」の終止形。

[37] 上総介:「上総」は旧国名の一。今の千葉県の中央部。「介」は律令制で諸国の次官。

[38] 成り給ひしより:おなりになってから。「成り」はラ行四段活用動詞「なる」の連用形。「給ひ」は尊敬の補助動詞(四段)「給ふ」の連用形。「し」は過去の助動詞「き」の連体形。「より」は格助詞。…から。

[39] 王氏を出でて人臣に列なる:「王氏」は皇族、「人臣」は臣下。「出で」はダ行下二段活用動詞「出づ」の連用形。「列なる」はラ行四段活用動詞「列なる」の終止形。

[40] 鎮守府将軍：鎮守府の長官。多くは陸奥守（むつのかみ）の兼務。平安中期以降、武門の最高栄誉職とされた。「鎮守府」は古代、蝦夷（えぞ）を鎮圧するために陸奥国（むつのくに）に置かれた官庁。

[41] 諸国の受領たりしかども：諸国の国守ではあったが。「受領」は「国司」の長官の別称。特に平安時代中期以降、任国に行かない遥任の国守に対して、実際に赴任する国守をいう。大半は六位以下。「たり」は断定の助動詞「たり」の連用形。「しか」は過去の助動詞「き」の已然形。「ども」は逆接の接続助詞。

[42] 殿上の仙籍をば未だ赦されず：殿上人として昇殿することはまだ許されなかった。「殿上の仙籍」は殿上人として禁中の籍に入ること。「をば」は格助詞「を」に係助詞「は」が付き濁音化したもの。動作・作用の対象を強く指し示す語。「赦さ」はサ行四段活用動詞「赦す」の未然形。「れ」は受身の助動詞「る」の未然形。「ず」は打消しの助動詞「ず」の終止形。

译文

原文

祇園精舎の鐘の声、諸行無常の響きあり。沙羅双樹の花の色、盛者必衰の理をあらはす。おごれる人も久しからず。ただ春の夜の夢のごとし。たけき者も遂にはほろびぬ、ひとへに風の前の塵に同じ。

遠く異朝をとぶらへば、秦の趙高、漢の王莽、梁の朱异、唐の禄山、これらは皆、旧主先皇の政にも従は

現代日本語訳

祇園精舎の鐘の音には、諸行無常を示す響きがある。（釈迦入滅の時、枯れて白くなったという）娑羅双樹の花の色は、盛んな者も必ず衰えるという道理を表している。権勢を誇っている人も長くは続かない、まるで春の夜の夢のよう（にはかないもの）である。勇ましく猛々しい者も結局は滅んでしまう、全く風の前の（すぐに吹き飛ばされて消えてしまう）塵と同じである。

遠く中国にその例を尋ね求めると、秦の趙高、漢の王莽、梁の朱异、唐の禄山、これら（の人々）は皆もと仕えていた主君や先の皇帝の統治にも従

ず、楽しみを極め、諫めをも思ひ入れず、天下の乱れんことを悟らずして、民間の愁ふるところを知らざつしかば、久しからずして、亡じにし者どもなり。

近く本朝をうかがふに、承平の将門、天慶の純友、康和の義親、平治の信頼、これらはおごれる心もたけきことも、皆とりどりにこそありしかども、間近くは六波羅の入道前太政大臣平朝臣清盛公と申しし人のありさま、伝へ承るこそ、心も詞も及ばれね。

その先祖を尋ぬれば桓武天皇第五の皇子、一品式部卿葛原親王九代の後胤、讃岐守正盛が孫、刑部卿忠盛朝臣の嫡男なり。かの親王の御子高見王無官無位にして失せ給ひぬ。その御子高望王の時、初めて平の姓を賜はつて上総介に成り給ひしよりたちまちに王氏を出でて人臣に列なる、その子鎮守府将軍良望後には國香と改む、國香より正盛に至る六代は、諸国の受領たりしかども、殿上の仙籍をば未だ赦されず。

わず、楽しみの限りを尽くし、他人の諫言をも心にとどめず、(それによって)天下が乱れるようなことを悟らないで、人民の嘆くところを理解しなかったので、(勢いも長くは続かず)まもなく、滅びてしまった者たちである。

(また、)近くわが国の例を調べてみると、承平の(平)将門、天慶の(藤原)純友、康和の(源)義親、平治の(藤原)信頼、これら(の人々)は思い上がった心も猛々しいことも、皆それぞれはなはだしかったけれども、(それにもまして)最近の例は、六波羅の入道こと前太政大臣平朝臣清盛公と申しあげた人の様子は、伝えお聞きするにつけても、心で(想像すること)も言葉で(表現すること)もできない(ひどい)ありさまである。

その清盛の先祖を調べると、桓武天皇の第五皇子、一品式部卿葛原親王から数えて九代目の子孫、讃岐守正盛の孫で、刑部卿忠盛の嫡男である。葛原親王の御子、高見王は、官職も官位もないままお亡くなりになった。その御子の高望王のとき、初めて平の姓を賜わって、上総介におなりなってから、ただちに皇籍を離れて臣下の列に連なる。その子・鎮守府将軍良望は、後には国香と名を改めた。国香から正盛に至るまでの六代は、諸国の国守ではあったが、殿上人として昇殿することは、まだ許されなかった。

(三) 重点语法

1. 過去の助動詞「き」

《接続》活用語の連用形に付くが、カ変・サ変動詞には特殊な付き方をする。

《活用》特殊型((せ)・〇・き・し・しか・〇)

《意味》〔過去〕(以前に)…た。

文章中に出ている例：

「民間の愁ふるところを知らざつしかば、久しからずして、亡じにし者どもなり。」（已然形・連体形）

「皆とりどりにこそありしかども、間近くは六波羅の入道前太政大臣平朝臣清盛公と申しし人のありさま、伝へ承るこそ、心も詞も及ばれね。」（已然形・連体形）

「初めて平の姓を賜はつて上総介に成り給ひしより」（連体形）

「諸国の受領たりしかども」（已然形）

2. 接続助詞「ば」

《接続》活用語の未然形、已然形に付く。

《用法》

(1) 未然形に付く場合。

〔順接の仮定条件〕…たら。…なら。…ならば。

《例》「かの国の人来ば，みな開きなむとす」（『竹取物語』）

(2) 已然形に付く場合。

①〔順接の確定条件、原因・理由〕…ので。…から。

《例》「民間の愁ふるところを知らざつしかば、久しからずして、亡じにし者どもなり。」

②〔順接の確定条件、偶然の条件〕…と。…たところ。

《例》「遠く異朝をとぶらへば」「その先祖を尋ぬれば桓武天皇第五の皇子」

3. 係り結び・結びの流れ

文章中に出ている「係り結び」の例：

「伝へ承るこそ、心も詞も及ばれね。」

「こそ」の結びは、完了の助動詞「ぬ」の已然形「ね」。

また、係助詞が文中にあっても、結びとなるべき語に接続助詞がついて文章が続き、文末にならない時、結びの語が現れないこともあり、それは「結びの流れ」と呼ぶ。「結びの消滅」「結びの解消」「結びの消去」などともいう。

たとえば、「母北の方なむ、いにしへの人の由あるにて、親うち具し、さしあたりて世のおぼえ花やかなる御方がたにもいたう劣らず、なにごとの儀式をももてなし給ひけれど」（『源氏物語・桐壺・光源氏の誕生』）という文の場合、本来ならば「なむ」の結びとして「もてなし給ひける」となるべきところだが、文を下に続けるために接続助詞の「ど」を用いたことによって、連体形の結びがなくなっている。

この物語では、「とりどりにこそありしかども」という文がある。ここでの「こそ」が係助詞で、「ありしか」は已然形になっているが、これは次の「ども」に続くために已然形になっているのであり、係り結びではなく、「結びの流れ」となる。

4. 本文に出ている敬語の一覧

語	敬語の種類	動作主	敬意の主体（誰からの敬意か）	敬意の対象（誰に対する敬意か）
①「前太政大臣平朝臣清盛公と申しし人」				
申し	謙譲の本動詞	世間の人々	作者	清盛
②「伝え承るこそ、心も詞も及ばれね。」				
伝え承る	謙譲の本動詞	世間の人々	作者	伝え聞いた人
③「かの親王の御子高見王無官無位にして失せ給ひぬ。」				
給ひ	尊敬の補助動詞	高見王	作者	高見王
④「初めて平の姓を賜はつて上総介に成り給ひしより」				
賜はつ	謙譲の本動詞	高望王	作者	帝
給ひ	尊敬の補助動詞	高望王	作者	高望王

(四) 古典常识

1. 和漢混交文(和漢混淆文)

和漢混交文とは、広義には和文・漢文訓読文の両要素がまじった文体をいうが、狭義には、鎌倉時代以降の軍記物語などに用いられた、広義の和漢混交文に当時の俗語や武士詞(コトバ)などをも駆使してつづられた漢字仮名まじり文をさす。広義のそれは既に奈良時代の宣命(センミョウ)に現れ、平安時代の説話文学などに見られる。狭義のそれの典型は、鎌倉時代以降の『平家物語』『太平記』等の軍記物や『海道記』『東関紀行』等の紀行文などである。和文のもつ情緒的なやわらかみに、漢文特有の力強さ、明確な論理性等が加味され、武家の台頭した当時の社会風潮によくあっていた。簡潔で、韻律的な文章となり、後の時代の人々にも名文として迎え入れられたものが多い。平安時代後期に、漢文の色彩の濃い『三宝絵詞(サンポウエコトバ』『打聞集(ウチギキシュウ)』『今昔(コンジャク)物語集』のような説話が文章として残され、和文を基調とした『大鏡(オオカガミ)』などのなかにも漢文の強い影響がみいだされる。これらを経て鎌倉時代の和漢混交文はできあがっている。鎌倉時代以降は、和漢混交文が文章の主流となり、謡曲、物語類をはじめ、江戸時代の国学者たちの記した、いわゆる擬古文(ギコブン)においても和漢混交文から影響されたものは大きい。

2. 対句

対句とは、韻律や意味などで対照的な語句を並列させて、対照のおもしろさや均整の美しさなどの表現効果を志向する技法である。元来は漢詩文の修辞法であるが、日本でも歌謡・和歌などの韻文や韻律的な散文で古くから用いられた。律調を重視する口唱文学や、修辞技巧を凝らす漢文学などの影響によってもたらされた技法であろう。とくに注目すべきは、『万葉集』の長歌、とりわけ柿本人麻呂の詠作である。漢詩文集『和漢朗詠集』は対句の宝庫であり、『平家物語』の「祇園精舎の鐘の声、諸行無常の響あり。娑羅双樹の花の色、盛者必衰の理を表はす」、『方丈記』の「行く川の流れは絶えずして、しかも、もとの水にあらず。淀みに浮かぶうたかたは、かつ消えかつ結びて、久しく留まりたる例なし」など、名作の冒頭は対句を用いたものが少なくない。謡曲や浄瑠璃なども、対句によって豊かな情調が表出されている場面が多い。

この冒頭文に出ている対句の例：

「祇園精舎の鐘の声、諸行無常の響きあり。羅双樹の花の色、盛者必衰の理をあらはす。」

「おごれる人も久しからず、ただ春の夜の夢のごとし。たけき者も遂にはほろびぬ、ひとへに風の前の塵に同じ。」

「遠くの異朝をとぶらへば、…。近く本朝をうかがふに、…。」

三 『方丈記』

(一) 作品评鉴

《方丈记》是镰仓初期的随笔集，成书于建历二年(公元 1212 年)，被誉为日本中世文学的代表性随笔，与清少纳言的《枕草子》、吉田兼好的《徒然草》并称“日本古典三大随笔”。

作者鸭长明(1155—1216)是平安末期的和歌诗人、随笔作家，生于神官之家，自幼精通和歌、管弦之道。特别是在和歌方面，曾师从著名的和歌名宿俊惠，就学于歌林苑。后将俊惠关于和歌的言论记录整理成一部和歌论集《无名抄》。除此之外，还著有佛教故事集《发心集》和自选和歌集《鸭长明集》。大约 50 岁时因未能如愿成为父祖世代供职的河合社的神官而厌世出家，在日野山一丈四方的草庵中度过清静无为的隐居生活，其间写作了这部《方丈记》。鸭长明的一生正值源平动乱的时代，经历了平氏一族的灭亡和古代天皇制的衰落。因此，他的作品中流露出对世事变幻无常的感慨和消极无为的思想。

全书只一卷，开篇以流畅优美的和汉混合文体述说人世间的种种无常，随后以生动写实的笔调描述了同时代的五大灾难，即：将京都的三分之一化为灰烬的“安元大火”(公元 1177 年)、治承四年(公元 1180 年)同样发生在京都的“治承龙卷风”以及随后平清盛强行推动的“福原迁都”、“养和大饥荒”(公元 1181 年一公元 1182 年)、“元历大地震”(公元 1185 年)。作者亲眼目睹了有着 400 余年历史的平安之都的崩溃，由一系列天灾人祸之中进一步揭示出人世无常的道理。在书的后半部分，作者笔锋一转，将目光由社会现实转向自己的隐居生活和内心世界。首先自叙命运多舛、弃世出家的身世，接着以清雅的笔墨记述了隐遁大原山、又移居日野山方丈草庵的闲静安逸的生活。在最后一章中，作者对自己的隐居生活进行了反省，表达出内心的矛盾和苦恼，反映出强烈的自我否定和对生命本质的追求。

从作品前半部分的世事无常，到后半部分对隐居生活的赞美，乃至结尾部分的自我否定，全文构思精巧，结构紧密，浑然天成。文章以简洁严整的和汉混合文体写成，行文之间夹杂着汉文训读的语言风格，笔意生动明快，措辞优美。特别是五大灾难的描写准确生动且富于张力，给人留下深刻的印象。作品中所表现出的无常观和厌世思想，成为日本中世文学在思想内容上的一大特点，对其后包括《平家物语》在内的中世文学具有极大影响，与《徒然草》(1331 年左右)一起被视为中世隐者文学的典型代表。作品中关于平安末期五大灾难的记述也具有珍贵的史料价值。

（二）节选

1

ゆく河の流れ（冒頭）

原文

ゆく河の流れは絶えずして、しかも、もとの水にあらず。淀みに浮かぶうたかたは、かつ消えかつ結びて、久しくとどまりたるためしなし。世の中にある人とすみかと、またかくのごとし。

たましきの都のうちに、棟を並べ、甍を争へる、高き、卑しき、人の住まひは、世々を経て尽きせぬものなれど、これをまことかと尋ぬれば、昔ありし家は稀なり。あるいは去年焼けて今年作れり。あるいは大家滅びて小家となる。住む人もこれに同じ。所も変はらず、人も多かれど、いにしへ見し人は、二、三十人が中に、わづかにひとりふたりなり。朝に死に、夕べに生まるるならひ、ただ水の泡にぞ似たりける。

知らず、生まれ死ぬる人、いづ方より来たりて、いづ方へか去る。また知らず、仮の宿り、誰がためにか心を悩まし、何によりてか目を喜ばしむる。その、主とすみかと、無常を争ふさま、いはば朝顔の露に異ならず。あるいは露落ちて花残れり。残るといへども朝日に枯れぬ。あるいは花しぼみて露なほ消えず。消えずといへども夕べを待つことなし。

解释

本文

ゆく河（かは）の流れは絶えず[1]して、しかも[2]、もとの水（みづ）にあらず[3]。淀（よど）み[4]に浮かぶうたかた[5]は、かつ消えかつ結びて[6]、久しくとどまりたる[7]ためしなし[8]。世の中にある人とすみかと、またかくのごとし[9]。

解説

[1] 絶えずして：「絶え」はヤ行下二段活用動詞「たゆ」の未然形。「ずして」は打消の助動詞「ず」の連用形＋接続助詞「して」、主に漢文訓読文や和歌に用いる。…ないで。…なくて。

[2] しかも：接続詞。それでいて。

[3] にあらず：…ではない。「に」は断定の助動詞「なり」の連用形。「あら」はラ行変格活用動詞「あり」の未然形。「ず」は打消の助動詞「ず」の終止形。

[4] 淀み：川などの流れの一部分が、障害物で停滞すること、または停滞した部分。

たましき[10]の都のうちに、棟(むね)を並べ、甍(いらか)を争へる[11]、高き、卑(いや)しき[12]、人の住まひは、世々(よよ)を経て尽きせぬものなれど[13]、これをまことかと尋(たず)ぬれば[14]、昔ありし家は稀なり[15]。

[5] うたかた:(水に浮かぶ)あわ。多く、はかないもののたとえに用いられる。
[6] かつ消えかつ結びて:一方では消えて、もう一方では生じて。「かつ」は副詞。一方では。「かつ…かつ」は「一方では…他方では…」の意。「消え」はヤ行下二段活用動詞「きゆ」の連用形。「結び」はバ行四段活用動詞「むすぶ」の連用形。
[7] 久しくとどまりたる:「久しく」はシク活用の形容詞「ひさし」の連用形。「とどまり」はラ行四段活用動詞「とどまる」の連用形。「たる」は完了・存続の助動詞「たり」の連体形。
[8] ためしなし:「ためし」は前例、先例。「なし」はク活用形容詞「なし」の終止形。
[9] かくのごとし:このようなものである。「かく」は副詞。このように。こう。「ごとし」は比況の助動詞の終止形。
[10] たましき:名詞。多く「たましきの」の形で、玉を敷いたように美しくりっぱなこと、また、その場所を表す。
[11] 棟を並べ、甍を争へる:どちらも「住まひ」に係る。「棟」は屋根の中央部の最も高い部分。「並べ」はバ行下二段活用動詞「ならぶ」の連用形。「甍」は屋根瓦(やねがわら)。「争へ」はハ行四段活用動詞「あらそふ」の已然形または命令形。「る」は完了・存続の助動詞「り」の連体形。
[12] 高き、卑しき:どちらも「人」に係る。「高き」はク活用の形容詞「たかし」の連体形。身分が高い。高貴だ。「卑しき」はシク活用の形容詞「いやし」の連体形。身分が低い。
[13] 世々を経て尽きせぬものなれど:「世々」は多くの世代。長い年月。「経(へ)」はハ行下二段活用動詞「経(ふ)」の連用形。「尽きせ」はサ行変格活用動詞「つきす」の未然形。「ぬ」は打消の助動詞「ず」

あるいは[16]去年(こぞ)焼けて今年(ことし)作れり[17]。あるいは大家(おほいへ)滅び[18]て小家(こいへ)となる。住む人もこれに同じ[19]。所も変はらず、人も多(おほ)かれど[20]、いにしへ見(み)し人[21]は、二、三十人が[22]中(うち)に、わづかにひとりふたりなり。朝(あした)に死に、夕(ゆふ)べに生まるるならひ[23]、ただ水の泡(あわ)にぞ似たりける[24]。

の連体形。「なれ」は断定の助動詞「なり」の已然形。「ど」は逆接の接続助詞。

[14] 尋ぬれば:「尋ぬれ」はナ行下二段活用動詞「たづぬ」の已然形。調べる。探し求める。「ば」は接続助詞。…と。

[15] 昔ありし家は稀なり:「あり」はラ行変格活用動詞「あり」の連用形。「し」は過去の助動詞「き」の連体形。「まれなり」はナリ活用の形容動詞「まれなり」の終止形。

[16] あるいは:ラ行変格活用「あり」の連体形と間投助詞「い」、そして係助詞「は」からなる連語。ある人は、あるものは、あるときは。

[17] 去年焼けて今年作れり:「焼け」はカ行下二段活用動詞「やく」の連用形。「作れ」はラ行四段活用動詞「つくる」の已然形または命令形。「り」は完了・存続の助動詞「り」の終止形。

[18] 滅び:バ行上二段活用動詞「ほろぶ」の連用形。

[19] 同じ:シク活用の形容詞「おなじ」の終止形。

[20] 多かれど:「多かれ」はク活用の形容詞「おほし」の已然形。「ど」は逆接の接続助詞。

[21] いにしへ見し人:「いにしへ」は過去、以前。「見」はマ行上一段活用「みる」の連用形。「し」は過去の助動詞「き」の連体形。

[22] が:格助詞。…の。

[23] 朝に死に、夕べに生まるるならひ:「死に」はナ行変格活用動詞「しぬ」の連用形。「生まるる」はラ行下二段活用動詞「うまる」の連体形。「ならひ」は世の常、さだめ。

[24] ただ水の泡にぞ似たりける:「ただ」は副詞。まるで。ちょうど。「水の泡」は水面に浮かぶ泡。はかなく消えるもののたとえにも使う。係助詞「ぞ」+「連体形」で係り結びの法則。「似」はナ行上一段活用動詞「にる」の連用形。「たり」は完了・

存続の助動詞「たり」の連用形。ここでの「ける」は詠嘆を表す助動詞「けり」の連体形。

知らず[25]、生まれ死ぬる[26]人、いづ方（かた）より来たりて[27]、いづ方（かた）へか去る[28]。また知らず、仮の宿り[29]、誰（た）がためにか心を悩まし[30]、何によりてか目を喜ばしむる[31]。

[25] 知らず、…、いづ方（かた）へか去る：倒置法により、動詞が先に来ている。＝「生まれ死ぬる人、…、いづ方へか去るを知らず。」次の「また知らず」も同じ。

[26] 生まれ死ぬる：「生まれ」はラ行下二段活用動詞「うまる」の連用形。「死ぬる」はナ行変格活用動詞「しぬ」の連体形。

[27] いづ方より来たりて：「いづかた」は代名詞。どこ、どちら、どの方向。「より」は格助詞。…から。「来たり」はラ行四段活用「きたる」の連用形。

[28] いづかたへか去る：係助詞「か」＋ラ行四段活用動詞「さる」の連体形で係り結びの法則。

[29] 仮の宿り：はかないこの世での一時的な宿でしかない住居のこと。

[30] 誰がためにか心を悩まし：「悩まし」はサ行四段活用動詞「なやます」の連用形。「か」は係助詞、文末には連体形で結ぶはずだが、「悩まし」のように「連用形中止法」になっていて文が続くため、係り結びの消滅（流れ）となる。

[31] 何によりてか目を喜ばしむる：「喜ば」はバ行四段活用動詞「よろこぶ」の未然形。「しむる」は使役の助動詞「しむ」の連体形。係助詞「か」＋連体形「しむる」で係り結びの法則。「たがためにか心を悩まし」と対句的な表現になっている。

その、主（あるじ）とすみかと、無常（むじやう）を争ふさま[32]、いはば[33]朝顔（あさがほ）の露に異ならず[34]。あるいは露落ちて花残れり[35]。残るといへども[36]朝日に枯れぬ[37]。あるいは花しぼみて露なほ消えず。消えずといへども夕（ゆふ）べを待つことなし。

[32] 無常を争ふさま：生滅変化の速さかを争うかのように滅び去っていく様子。

[33] いはば：「いはば」は「いわば」と読む。副詞。たとえて言えば。言ってみれば。

[34] 朝顔の露に異ならず：「露」ははかない物のたとえとして、よく古文で用いられる。ここでの「朝顔」はすみか（家）、「露」はあるじ（人）の比喩。

「異なら」はナリ活用の形容動詞「ことなり」の未然形。「ず」は打消しの助動詞「ず」の終止形。

[35] 露落ちて花残れり:「落ち」はタ行上二段活用動詞「おつ」の連用形。「残れ」はラ行四段活用動詞「のこる」の已然形または命令形。「り」は完了・存続の助動詞「り」の終止形。

[36] いへども:接続助詞。ハ行四段活用動詞「いふ」の已然形＋接続助詞「ども」。

[37] 枯れぬ:「枯れ」はラ行下二段活用動詞「かる」の連用形。「ぬ」は完了の助動詞「ぬ」の終止形。

译文

原文

ゆく河の流れは絶えずして、しかも、もとの水にあらず。淀みに浮かぶうたかたは、かつ消えかつ結びて、久しくとどまりたるためしなし。世の中にある人とすみかと、またかくのごとし。

たましきの都のうちに、棟を並べ、甍を争へる、高き、卑しき、人の住まひは、世々を経て尽きせぬものなれど、これをまことかと尋ぬれば、昔ありし家は稀なり。あるいは去年焼けて今年作れり。あるいは大家滅びて小家となる。住む人もこれに同じ。所も変はらず、人も多かれど、いにしへ見し人は、二、三十人が中に、わづかにひとりふたりなり。朝に死に、夕べに生まるるならひ、ただ水の泡にぞ似たりける。

現代日本語訳

行く川の流れは、絶えることがなく、それでいて目の前を流れている水はもとの水ではない。流れのよどみに浮かぶ水の泡は、一方では消え、一方ではできあがり、長くそのままの状態であるということはない。世の中に存在する人も住まいも、またこのように変わりやすくはかないものである。

玉を敷き詰めたように美しい都の中に、棟を並べ、屋根の瓦の高さを競っている、身分の高い人、あるいは低い人、様々な人の住まいは、時代が移ってもなくならないものであるが、このことを本当だろうかと調べてみると、昔あった家はほとんどない。ある家は去年焼けて今年新築したものである。またあるところは大きな家がなくなって、小さな家となっている。住み人もこれと同じである。場所も変わらず、人も多いけれど、昔見た人は、二・三十人中でわずかに、一人か二人である。朝に死ぬ一方で、その夕方に生まれるという定めはまったく水の泡とよく似ている。

知らず、生まれ死ぬる人、いづ方より来たりて、いづ方へか去る。また知らず、仮の宿り、誰がためにか心を悩まし、何によりてか目を喜ばしむる。その、主とすみかと、無常を争ふさま、いはば朝顔の露に異ならず。あるいは露落ちて花残れり。残るといへども朝日に枯れぬ。あるいは花しぼみて露なほ消えず。消えずといへども夕べを待つことなし。

私は知らない、生まれ、そして死んでいく人は、どこから来て、どこへ去っていくのかを。また、私は知らない、この世での仮の住まいを、誰のために苦心し、いったい何のために自らの目を喜ばせようとするのかを。その主人とその住まいとがはかなさを競っている様子は、ものにたとえて言えば、朝顔とその上に宿る露に変わるところがない。ある場合は露が落ちても花が残っている。残ると言っても朝日に枯れてしまう。また、ある場合は、花が先にしおれて、露がまだ残っている。消えないと言っても、夕方まで残るという事はない。

2

安元の大火

原文

予、ものの心を知れりしより、四十あまりの春秋を送れる間に、世の不思議を見る事、ややたびたびになりぬ。

去んじ安元三年四月廿八日かとよ。風烈しく吹きて、静かならざりし夜、戌の時ばかり、都の東南より火出で来て、西北に至る。果てには朱雀門、大極殿、大学寮、民部省などまで移りて、一夜のうちに塵灰となりにき。火元は樋口富の小路とかや。舞人を宿せる仮屋より出で来たりけるとなん。

吹きまよふ風に、とかく移りゆくほどに、扇をひろげたるがごとく末広になりぬ。遠き家は煙にむせび、近きあたりはひたすら焔を、地に吹きつけたり。空には灰を吹き立てたれば、火の光に映じて、あまねく紅なる中に、風に堪へず、吹き切られたる焔、飛ぶがごとくして、一二町を越えつつ移りゆく。その中の人、現し心あらむや。或は煙にむせびて倒れ伏し、或は焔にまぐれてたちまちに死ぬ。或は身ひとつからうじて逃るるも、資材を取り出づるに及ばず。七珍万宝さながら灰燼となりにき。その費えいくそばくぞ。そのたび、公卿の家十六焼けたり。ましてその外数へ知るに及ばず。惣て都のうち三分が一に及べりとぞ。男女死ぬるもの数十人、馬牛のたぐひ辺際を知らず。

人の営み、皆愚かなるなかに、さしも危ふき京中の家を作るとて、宝を費し、心を悩ます事は、すぐれてあぢきなくぞ侍る。

解释

本文

予(われ)、ものの心を知れりしより[1]、四十(よそぢ)あまりの春秋(しゅんじう)を送れる[2]間(あひだ)に、世の不思議[3]を見る事、ややたびたびになりぬ[4]。

去(い)んじ安元三年[5]四月(うづき)廿八日かとよ[6]。風烈しく吹きて、静かならざりし[7]夜、戌(いぬ)の時ばかり[8]、都の東南(たつみ)より火出(い)で来(き)て[9]、西北(いぬゐ)に至る。

解説

[1] ものの心を知れりしより:「ものの心」は物事の道理。「知れ」はラ行四段活用動詞「しる」の已然形または命令形。「り」は完了・存続の助動詞「り」の連用形。「し」は過去の助動詞「き」の連体形。「より」は格助詞。…から。

[2] 送れる:「送れ」はラ行四段活用動詞「おくる」の已然形または命令形。「る」は完了・存続の助動詞「り」の連体形。

[3] 世の不思議:この章で述べられている安元の大火を始め、治承の辻風や養和の飢饉など、方丈記に記されている出来事。

[4] ややたびたびになりぬ:「やや」は副詞。しだいに、だんだん。「ぬ」は完了の助動詞「ぬ」の終止形。

[5] 去んじ安元三年:1177 年。「いんじ」は連体詞。過ぎ去った。去る。ナ行変格活用動詞「いぬ」の連用形+過去の助動詞「き」の連体形からなる「いにし」が撥音便となったもの。この年については、『平家物語』巻一「内裏炎上」に記述がある。「太郎焼亡」ともいわれた。翌年「次郎焼亡」があった。また直後の5 月末には反平家クーデター計画「鹿谷の陰謀」が多田蔵人行綱の内部告発により発覚した。

[6] かとよ:係助詞「か」に格助詞「と」および間投助詞「よ」の付いたもの。多く過去の事柄について、漠然とした推定や伝聞の意を表す。…であったかなあ。…たかということだ。

[7] 静かならざりし:「静かなら」はナリ活用の形容動詞「静かなり」の未然形。「ざり」は打消しの助動詞「ず」の連用形。「し」は過去の助動詞「き」の連体形。

果てには朱雀門(しゅじゃくもん)[10]・大極殿(だいごくでん)[11]・大学寮(れう)[12]・民部省(みんぶしやう)[13]などまで移りて、一夜(ひとよ)のうちに塵灰(ちんくわい)となりにき[14]。火元(ほもと)は樋口富(ひぐちとみ)の小路(こうぢ)[15]とかや[16]。舞人(まひびと)を宿せる[17]仮屋(かりや)より出で来たりける[18]となん[19]。

[8] 戌の時ばかり:「戌の時」は午後八時、またはそれの前後二時間を指す。「ばかり」は副助詞。時期・時刻・場所・数量・大きさなどのおおよその範囲を示す。…ほど。…ぐらい。…あたり。『平家物語』『百錬抄』では「亥刻(午後 10 時)」。

[9] 都の東南より火出で来て:「より」は格助詞、…から。「出(い)で来(き)」はカ行変格活用動詞「出(い)で来(く)」の連用形。

[10] 朱雀門:大内裏の南中央。朱雀大路に面した門。今の二条城の西。「すざくもん」とも読む。

[11] 大極殿:大内裏の内の建物。天皇が儀式などを行った。

[12] 大学寮:朱雀門外にあった。式部省直轄の官僚育成機関。

[13] 民部省:律令制下の八省の一つ。租税・財政を管理した。大内裏の内。

[14] なりにき:「なり」はラ行四段活用動詞「なる」の連用形。「に」は完了の助動詞「ぬ」の連用形。「き」は過去の助動詞「き」の終止形。…なってしまった。

[15] 樋口富の小路:東西に走る樋口小路と南北に走る富の小路が交差したところ。樋口小路は五条大路の一本南。富小路は東京極大路の一本西。現在の万寿寺通麩屋町。

[16] とかや:…とかいうことだ。格助詞「と」+係助詞「か」+間投助詞「や」。「か」の結びは連体形となるが、ここでは省略されている。係り結びの省略。「言ふ(ハ行四段活用動詞の連体形)」が省略されていると考えられる。

[17] 舞人を宿せる:「宿せ」はサ行四段活用動詞「宿す」の已然形または命令形。泊める、宿泊させる。「る」は完了・存続の助動詞「り」の連体形。

[18] 出で来たりける:「出(い)で来(き)」はカ行変格活用動

吹きまよふ風に[20]、とかく移りゆくほどに[21]、扇(あふぎ)をひろげたるがごとく末広(すゑひろ)になりぬ[22]。遠(とほ)き家は煙(けぶり)にむせび、近きあたりはひたすら焔(ほのほ)を、地(ち)に吹きつけたり[23]。

詞「出(い)で来(く)」の連用形。「たり」は完了・存続の助動詞「たり」の連用形。「ける」は過去の助動詞「けり」の連体形。

[19] なん:強調の係助詞「なむ」の撥音便。結びは連体形となるが、ここでは省略されている。係り結びの省略。「言ふ(ハ行四段活用動詞の連体形)」「言へ(已然形)＋る(完了の助動詞の連体形)」などが省略されていると考えられる。

[20] に:原因・理由を表す格助詞。…により。…のために。

[21] とかく移りゆくほどに:「とかく」は副詞。あれやこれや。何やかやと。あちこちと。「ほどに」は接続助詞、事態の推移、時間の経過を表す。…すると。…するうちに。

[22] ひろげたるがごとく末広になりぬ:「ひろげ」はガ行下二段活用動詞「ひろぐ」の連用形。「たる」は完了・存続の助動詞「たり」の連体形。「ごとく」は比況の助動詞「ごとし」の連用形。「ぬ」は完了の助動詞「ぬ」の終止形。

[23] 吹きつけたり:「吹きつけ」はカ行下二段活用動詞「ふきつく」の連用形。「たり」は完了・存続の助動詞「たり」の終止形。

空(そら)には灰(はひ)を吹き立てたれば[24]、火の光に映じて、あまねく[25]紅(くれなゐ)なる[26]中に、風に堪へず[27]、吹き切られたる[28]焔(ほのほ)、飛ぶがごとく[29]して、一二町[30]を越えつつ[31]移りゆく。

[24] 吹き立てたれば:「吹きたて」はタ行下二段活用動詞「吹きたつ」の連用形。「たれ」は完了・存続の助動詞「たり」の已然形。「ば」は接続助詞、原因・理由を表す。～なので。～から。

[25] あまねく:ク活用の形容詞「あまねし」の連用形。すみずみまで広くいきわたっていて。残すところがなく。

[26] なる:断定の助動詞「なり」の連体形。

[27] 堪へず:「堪へ」はハ行下二段活用動詞「たふ」の未然形。「ず」は打消の助動詞「ず」の連用形。

[28] 吹き切られたる:「吹き切ら」はラ行四段活用動詞「吹き切る」の未然形。「れ」は受身の助動詞「る」の連用形。「たる」は完了・存続の助動詞「たり」の連体形。

[29] ごとく:比況の助動詞「ごとし」の連用形。

[30] 一二町:「町」は平安京の区画の単位。1ブロック、2ブロックといったイメージ。

[31] つつ:接続助詞、ここでは並行の意味。～しながら。

その中の人、現(うつ)し心(ごころ)あらむや[32]。或は煙にむせびて倒れ伏し、或は焔にまぐれ[33]てたちまちに死ぬ。或は身ひとつ[34]からうじて逃(のが)るるも[35]、資材を取り出づる[36]に及ばず。

[32] 現し心あらむや:「現し心」は正気、平常心、平常の理性ある心。「うつしこころ」とも。「あらむや」＝ラ行変格活用動詞「あり」の未然形「あら」＋推量の助動詞「む」の終止形「む」＋反語を表す係助詞「や」。正気があるだろうか、いやあるはずがない。

[33] まぐれ:ラ行下二段活用動詞「まぐる」の連用形。「ま」は「目」。目がくらんで。

[34] 身一つ:(荷物を持たない、また、財産のない)その人のからだだけ。また、自分ひとり。

[35] のがるるも:「のがるる」はラ行下二段活用動詞「のがる」の連体形。「も」は逆接の確定条件を表す接続助詞。…けれども。…のに。…が。

[36] 取り出づる:ダ行下二段活用動詞「取り出づ」の連体形。

七珍万宝(しっちんまんぽう)[37]さながら[38]灰燼(くわいじん)となりにき[39]。その費(つひ)え[40]いくそばくぞ[41]。そのたび、公卿(くぎゃう)[42]の家(いへ)十六焼けたり[43]。

[37] 七珍万宝:あらゆる種類の宝物。「しっちんまんぽう」とも。

[38] さながら:副詞。残らず全部。そっくりそのまま。

[39] なりにき:「に」は完了の助動詞「ぬ」の連用形。「き」は過去の助動詞「き」の終止形。…なってしまった。

[40] 費え:「ついえ」と読む。損害。損失。

[41] いくそばくぞ:「いくそばく」は副詞。どれぐらい数多く。どれほど。「ぞ」は強調の係助詞。

ましてその外数（ほかかぞ）へ知るに及ばず。惣（すべ）て都のうち三分が一に及べりとぞ[44]。男女（なんによ）死ぬる[45]もの数十人、馬牛のたぐひ辺際（へんさい）[46]を知らず。

人の営（いとな）み、皆愚（みなおろ）かなる[47]なかに、さしも[48]危（あや）ふき京中（きやうちゆう）[49]の家を作るとて[50]、宝（たから）を費（つひや）し、心を悩ます事は、すぐれてあぢきなくぞ侍（はべ）る[51]。

結びは連体形となるが、ここでは省略されている。係り結びの省略。「あら(ラ変動詞の未然形)+む(推量の助動詞の連体形)」が省略されていると考えられる。

[42] 公卿:国政を審議する太政官の最上層の役人。公（こう）(=摂政・関白・大臣)と卿（けい）(=大納言・中納言・三位以上及び参議の四位)。

[43] 焼けたり:「焼け」はカ行下二段活用動詞「やく」の連用形。「たり」は完了・存続の助動詞「たり」の終止形。

[44] 三分が一に及べりとぞ:「三分が一」は三分の一。「及べ」はバ行四段活用動詞「及ぶ」の已然形または命令形。「り」は完了・存続の助動詞「り」の終止形。「ぞ」は強調の係助詞。結びは連体形となるが、ここでは省略されている。係り結びの省略。「言ふ(ハ行四段動詞の連体形)」「言へ(已然形)+る(完了の助動詞の連体形)」などが省略されていると考えられる。

[45] 死ぬる:ナ行変格活用動詞「死ぬ」の連体形。

[46] 辺際:際限。限り。果て。「へんざい」とも。

[47] 愚かなる:ナリ活用の形容動詞「愚かなり」の連体形。馬鹿だ。間抜けだ。

[48] さしも:副詞。あんなにも。そんなにも。それほどまでに。

[49] 危ふき京中:「危ふき」はク活用の形容詞「あやうし」の連体形。「京中」は都の中、洛中。

[50] とて:…と言って。…と思って。

[51] すぐれてあぢきなくぞ侍る:「すぐれて」は副詞。きわだって。とりわけ。「あぢきなく」はク活用の形容詞「あぢきなし」の連用形。つまらない。努力のかいがない。「ぞ」は強調の係助詞、結びは連体形となる。「はべる」は補助動詞ラ変活用の「侍り(はべり)」の連体形、丁寧語。係助詞「ぞ」を受けて連体形となっている。係り結び。作者から読者への敬意。

译文

原文

予、ものの心を知れりしより、四十あまりの春秋を送れる間に、世の不思議を見る事、ややたびたびになりぬ。

去んじ安元三年四月廿八日かとよ。風烈しく吹きて、静かならざりし夜、戌の時ばかり、都の東南より火出で来て、西北に至る。果てには朱雀門・大極殿・大学寮・民部省などまで移りて、一夜のうちに塵灰となりにき。火元は樋口富の小路とかや。舞人を宿せる仮屋より出で来たりけるとなん。

吹きまよふ風に、とかく移りゆくほどに、扇をひろげたるがごとく末広になりぬ。遠き家は煙にむせび、近きあたりはひたすら焔を、地に吹きつけたり。空には灰を吹き立てたれば、火の光に映じて、あまねく紅なる中に、風に堪へず、吹き切られたる焔、飛ぶがごとくして、一二町を越えつつ移りゆく。その中の人、現し心あらむや。或は煙にむせびて倒れ伏し、或は焔にまぐれてたちまちに死ぬ。或は身ひとつからうじて逃るるも、資材を取り出づるに及ばず。七珍万宝さながら灰燼となりにき。その費えいくそばくぞ。そのたび、公卿の家十六焼けたり。ましてその外数へ知るに及ばず。惣て都のうち三分が一に及べ

現代日本語訳

私が物事の道理を理解するようになった頃から、四十年あまりの年月を過ごしてきた間に、世の中の思いもよらないことを見ることが、次第に度重なった。

去る安元三年四月二十八日のことだったか。風が激しく吹いて、静かではなかった夜、午後八時ごろ、都の南東から火事が起こって、北西の方角へと向かう。ついには朱雀門・大極殿・大学寮・民部省などまで燃え移って、(火事によって)一夜のうちに灰となってしまった。火元は樋口富小路とかいう。舞人を宿らせる仮屋から出火したということだ。

(方向を定めず)吹きさまよう風のために、あちこちへと火が燃え移っていくうちに、扇を広げたように末広に燃え広がってしまった。(火事から)遠い家は煙にむせび、(火に)近い辺りではただただ炎を地に吹きつけていた。空には灰を吹きたてていたので、(その灰が)火の光に照らし出されて、すべてが紅に染まるなかに、風に堪え切れず、吹ききられた焔が、飛ぶようにして、一、二町を飛び越えながら燃え移ってゆく。その中の人々は、どうして平常心をたもてるだろうか。(いや、無理であろう。)ある者は煙にむせて倒れ伏し、ある者は焔に目がくらんで、あっという間に死ぬ。ある者はわが身一つはなんとか逃げ出したものの、資材を持ち出すことができなかった。多くの貴重な宝物がすべて塵灰となってしまった。その損害は、どれほどであったろうか。その際、公卿の家は十六焼けてしまった。ましてその外は、数え知ることもできない。すべて都の

りとぞ。男女死ぬるもの数十人、馬牛のたぐひ辺際を知らず。

人の営み、皆愚かなるなかに、さしも危ふき京中の家を作るとて、宝を費し、心を悩ます事は、すぐれてあぢきなくぞ侍る。

内、三分の一に及んだという。男女の死んだものは数十人、馬や牛の類は、際限さえ分からない。

人間の営みはすべて愚かであるが、その中で、こんなにも危ない都の内に家を造ろうとして、財産を費やし、心を悩ませることは、実にまったく無益なことでございます。

(三) 重点语法

1.「なり」の識別

文章中に出ている例:

①「世々を経て尽きせぬものなれど」

②「昔ありし家は稀なり。」

③「あるいは大家滅びて小家となる。」

④「二、三十人が中に、わづかにひとりふたりなり。」

⑤「いはば朝顔の露に異ならず。」

⑥「ややたびたびになりぬ。」

⑦「一夜のうちに塵灰となりにき。」

⑧「扇をひろげたるがごとく末広になりぬ。」

⑨「七珍万宝さながら灰燼となりにき。」

⑩「人の営み、皆愚かなるなかに、」

△断定助動詞「なり」:①④(体言に接続している)

△ナリ活用形容動詞の語尾:②⑤⑩(一語となっている)

△ラ行四段活用動詞「なる」:③⑥⑦⑧⑨(「～になる・となる」の意味)

2.「ぬ」の識別

①「世々を経て尽きせぬものなれど、」

②「残るといへども朝日に枯れぬ。」

③「ややたびたびになりぬ。」

④「扇をひろげたるがごとく末広になりぬ。」

⑤「或は焔にまぐれてたちまちに死ぬ。」

△打消しの助動詞「ず」の連体形「ぬ」:①(「尽きせ」は未然形、「ぬ」の後は体言)

△完了の助動詞「ぬ」の終止形:②③④(「ぬ」は文末で終止形、上は動詞の連用形)

△ナ変動詞の語尾:⑤(一語となっている)

3. 係り結び・結びの流れ・結びの省略

文章中に出ている「係り結び・結びの流れ」の例：

①「ただ水の泡にぞ似たりける。」

「ぞ」の結びは過去の助動詞「けり」の連体形「ける」。

②「誰がためにか心を悩まし、何によりてか目を喜ばしむる。」

最初の「か」の結びは連体形「悩ます」となるところだが、「心を悩まし、」のように連用形中止法になっていて文が終わらず続いているので、結びが流れている。

「何によりてか」の「か」の結びは使役の助動詞「しむ」の連体形「しむる」である。

③「すぐれてあぢきなくぞ侍る。」

「ぞ」の結びはラ行変格活用動詞「侍り」の連体形「侍る」。

また、述語が文脈から推測できる場合、結びを含む文節が省略されることもある。たとえば、「いづれの御時にか」(『源氏物語・桐壷・光源氏の誕生』)では、「にか」の後に「ありけむ」などの文節が省略されていると考えられる。省略されている語句は文の前後から判断できるが、特に「～にや」「～にこそ」の結び「あらむ」「あらめ」の省略が多い。

<table>
<tr><th colspan="2" rowspan="2">～・係助詞</th><th colspan="2">省略されている語</th><th rowspan="2">意味・用法</th></tr>
<tr><th>主な例</th><th>その他の例</th></tr>
<tr><td rowspan="3">体言・連体形＋</td><td>に・や</td><td rowspan="2">あらむ
(連体形)</td><td rowspan="2">ある・侍る・侍らむ　など</td><td rowspan="3">～であろうか
(断定の疑問)</td></tr>
<tr><td>に・か</td></tr>
<tr><td>に・こそ</td><td>あらめ
(已然形)</td><td>あれ・侍れ　など</td></tr>
<tr><td colspan="5">注:「にや」「にか」「にこそ」における「に」は断定の助動詞「なり」の連用形。</td></tr>
<tr><td rowspan="2">引用の内容＋</td><td>と・ぞ
と・なむ
と・や
と・か</td><td>言ふ
聞く
(連体形)</td><td>思ふ・ある・詠む
見ゆる・語り伝ふる　など</td><td rowspan="2">～ということだ
・～そうだ
(伝聞)</td></tr>
<tr><td>と・こそ</td><td>あらめ
(已然形)</td><td>見ゆれ・聞け・あれ　など</td></tr>
<tr><td colspan="5">注:「と」は引用の格助詞。
「や」「か」は疑問・反語ではなく、この表現では伝聞を表す。</td></tr>
</table>

これら以外の場合もあるが、文脈に応じて省略されている語を補って訳す。

文章中に出ている「結びの省略」の例：

①「火元は樋口富の小路とかや。」

② 舞人を宿せる仮屋より出で来たりけるとなん。

③ その費えいくそばくぞ。

④ 惣て都のうち三分が一に及べりとぞ。

(四) 古文常识

1. 隠者文学

隠者文学とは、中古末期から中世にかけて、現実社会を捨てて出家という形で人里離れた地に隠れ住んだ人(＝隠者)によって書かれた文学を指す。中世文学を特徴づけた作品群とされ、文学史における中古からの転換を「女房文学から隠者文学へ」と総括するとらえ方が有力である。

隠者は、貴族や武家による体制を離脱して閑居し、僧衣に身を包んだ者のことである。多くは山里の草庵に住むが、市中にいた者もおる。彼らは仏教ことに浄土思想の影響を受けており、その作品には無常観に根ざす現世否定の念や自己凝視の情が鋭い批評性を形成している。求道の生活に徹して文学を捨てるに至らなかった人々の所産として、自然美に包まれた風雅な境涯への賛美や都への郷愁の念が見え隠れし、その叙情的一面が独特な魅力となっている。

代表的な作品に、西行ら草庵歌人の和歌、鴨長明の『方丈記』、吉田兼好の『徒然草』、連歌師たちのある種の連歌、随筆、評論があり、『発心集』『撰集抄』などの仏教説話集、『海道記』『東関紀行』などの紀行も含まれる。

2. 無常観

無常観は特に鎌倉・室町時代の文芸に共通して見られる理念である。この世のものは絶えず生滅・変化して、いつまでも存在するものではなく、この世ははかないものであるとする考えを指す。平安時代中期からの末法思想を背景に、戦乱が続いて精神・生活両面に不安の大きかった中世の民衆の間に広まり、無常観としてしだいに時代の風潮となった。文学としては、『万葉集』の一部や、勅撰和歌集の「釈教歌」にも現れているが、西行の和歌や、鴨長明の『方丈記』、吉田兼好の『徒然草』、また『平家物語』など、中世の文学に最も色濃く現れている。

四 『竹取物語』

(一) 作品评鉴

《竹取物语》,又名《辉夜姬物语》(『かぐや姫の物語』),作者不详,大约成书于平安时代初期的 9 世纪末至 10 世纪初,是日本最古老的物语,同时也是第一部以假名文体书写的物语文学作品,《源氏物语》称之为“物语之祖”(「物語の出で来はじめのおや」)。

作品共一卷,内容上由三部分组成,即“辉夜姬的诞生与成长”“五位贵公子及天皇的求婚”以及“辉夜姬的升天归月”。作品讲述了一个颇具传奇色彩的故事:一位伐竹老翁在发光的竹子中发现了一个三寸大小的可爱小女孩,便带回家精心养育。从此以后,伐竹老翁经常在竹子里发现金子,很快便变得非常富有。过了三个月左右,小女孩已经长大成人,且出落得亭亭玉立、美貌无比,故取名为“辉夜姬”(「かぐや姫」),意为“光彩照人的美女”。辉夜姬的美貌吸引了众多男子前来求婚,其中尤以五位贵公子最为热忱。于是,辉夜姬给这五位贵公子出了一道难题,要求他们去寻找五样世间难寻的珍宝。五人虽想尽办法,但均以失败告终。最后,天皇也派来钦差向其求爱,却依然未能如愿。八月十五月圆之夜,辉夜姬在天人的迎接之下升天返回了月宫世界,临行前给天皇留下一封书信和不死灵药。天皇因辉夜姬的离去而伤心不已,命人将书信和不死灵药带到离天最近的高山上焚烧,这就是富士山。这一记述也成为证明当时的富士山处于火山活动活跃期的历史史料。

作品在内容上包含了极为丰富多彩的文学要素。比如,辉夜姬从竹子中出生、三个月就长大、伐竹老翁迅速致富、给求婚者出难题难倒众人、拒绝天皇求婚、辉夜姬返回月宫以及富士山地名的由来等情节,均取材于古老的神话传说。另一方面,作为主线的贵族及天皇的求婚又体现出对现实的人类社会的观照。作品以非现实的世界为舞台,以富于现实感的求婚故事为主线,凭借自由的想象力构建了一个井然有序的虚构世界,使空想与现实在其中达成高度的和谐与统一,既于朴实中不失现实性,同时又具有高度的浪漫气息。作品中大量引用中国典籍和佛家经典,运用汉语词汇以及汉文训读文体,同时也使用了大量日本固有语言中的「掛詞」「縁語」等修辞手法。作品中的人物描写、结构以及情节的发展简洁明快,充满知性。一方面以幽默讽刺的语言,表现出对贵族社会权力与财富的批判意识,另一方面也关注到故事中人物的性格、心理乃至人类的苦恼。《竹取物语》开创了“物语”这一新的文学体裁,第一次实现了日本语言与文字的统一，被视为开创物语文学史的重要杰作，对后来的《源氏物语》等众多物语文学作品具有重要影响。

此外，现在学术界普遍认为，《竹取物语》是以中国四川省藏族民间故事《斑竹姑娘》为原型，融合了中国六朝传奇的特点和佛教思想重新加以改写的日本民间故事。

（二）节选

1

かぐや姫のおひたち

原文

今は昔、竹取の翁といふものありけり。野山にまじりて竹をとりつつ、万のことにつかひけり。名をば讃岐造となむいひける。その竹の中に、本光る竹一筋ありけり。怪しがりて寄りて見るに、筒の中光りたり。それを見れば、三寸ばかりなる人いと美しうてゐたり。翁いふやう、「われ朝ごと夕ごとに見る竹の中におはするにて知りぬ。子になり給ふべき人なめり。」とて、手にうち入れて家に持ちて来ぬ。妻の嫗にあづけて養はす。美しきこと限りなし。いと幼ければ、籠に入れて養ふ。

竹取の翁この子を見つけて後に、竹をとるに、節をへだててよごとに金ある竹を見つくること重なりぬ。かくて翁やうやう豊かになりゆく。この児養ふほどに、すくすくと大きになりまさる。三月ばかりになる程に、よき程なる人になりぬれば、髪上げなどさうして、髪上げさせ裳着す。帳の内よりも出さず、いつき養ふ。この児のかたち清らなること世になく、家の内は暗き処なく光満ちたり。翁心地あしく苦しき時も、この子を見れば苦しき事も止みぬ。腹だたしきことも慰みけり。

翁、竹を取ること久しくなりぬ。勢猛の者になりにけり。この子いと大きになりぬれば、名をば三室戸斎部秋田を呼びてつけさす。秋田、なよ竹のかぐや姫とつけつ。このほど三日うちあげ遊ぶ。万の遊びをぞしける。男はうけきらはず呼び集へて、いとかしこく遊ぶ。世界の男、あてなるもいやしきも、いかでこのかぐや姫を、得てしがな、見てしがなと、音に聞き、めでて惑ふ。

解释

本文

今は昔[1]、竹取の翁（おきな）といふものありけり[2]。

解説

[1] 今は昔：今となっては昔のことだが。日本の昔話のはじめの決まり文句。

[2] ありけり：あったとさ。あったそうだ。「あり」はラ行変格活用動詞「あり」の連用形。「けり」

野山にまじり[3]て竹をとりつつ[4]、万(よろづ)のことにつかひけり[5]。

は過去の助動詞「けり」の終止形。

[3] まじり:ラ行四段活用動詞「まじる」の連用形。分け入る。

[4]「つつ」:反復・継続の意味の接続助詞。～しては、またして。ここでは、「竹をとる」という動作と「よろづのことにつかふ」という動作が同時に行われていることをあらわす。

[5] つかひけり:「つかいけり」と読む。「つかひ」はハ行四段活用動詞「つかふ」の連用形。「けり」は過去の助動詞「けり」の終止形。つかっていた。

名をば[6]讃岐造(さぬきのみやつこ)[7]となむ[8]いひける[9]。

[6] をば:格助詞「を」に係助詞「は」が付き、「は」が濁音化したもの。「を」を強調している。…を。…は。

[7] 讃岐造:竹取の翁の名前である。

[8] なむ:「なん」と読む。強意の係助詞。係り結びで文末の「けり」は連体形「ける」で結ばれている。

[9] いひける:「いいける」と読む。「いひ」はハ行四段活用動詞「いふ」の連用形。「ける」は過去の助動詞「けり」の連体形。言った。

その竹の中に、本光る竹一筋(すぢ)ありけり。怪しがり[10]て寄りて見るに[11]、筒の中光りたり[12]。

[10] あやしがり:不思議に思う。現代の「怪しいと思う」とは意味がちがい、「変だと思う」というような意味は無い。

[11] 見るに:「見る」はマ行上一段活用動詞「見る」の連体形。「に」は接続助詞。見ると。

[12] 光りたり:「光り」はラ行四段活用動詞「光る」の連用形。「たり」は完了・存続の助動詞「たり」の終止形。光っていた。

それを見れば、三寸ばかりなる[13]人いと[14]美しう[15]てゐたり[16]。

[13] 三寸ばかりなる:「ばかり」は副助詞。「なる」は断定の助動詞「なり」の連体形。三寸(＝約九センチ)ほどである。

[14] いと:副詞。たいへん。非常に。

[15] 美しう:シク活用形容詞「美し」の連用形「美しく」のウ音便、「美しゅう」と読む。かわいらしい。

翁いふやう[17]、「われ朝ごと夕(ゆふ)ごとに見る竹の中におはする[18]にて[19]知りぬ[20]。

現代の「うつくしい」とは少し意味がちがう。

[16] ゐたり：「ゐ」はワ行上一段活用動詞「ゐる」の連用形。「ゐる」は「坐る」（すわる）という意味、現代での「居る」（いる）とはすこし意味がちがう。「たり」は完了・存続の助動詞「たり」の終止形。すわっていた。

[17] いふやう：「いうよう」と読む。言うことには。

[18] おはする：「おわする」と読む。サ行変格活用動詞「おはす」の連体形。尊敬を表す動詞。いらっしゃる。おいでになる。

[19] にて：理由や原因をあらわす。…ことで。…によって。

[20] 知りぬ：「知り」はラ行四段活用動詞「知る」の連用形。「ぬ」は完了の助動詞「ぬ」の終止形。わかった。

子になり給ふべき[21]人なめり[22]。」とて、手にうち入れて家に持ちて来ぬ[23]。

[21] なり給ふべき：「なり」はラ行四段活用動詞「なる」の連用形。「給ふ」はハ行四段活用動詞「給ふ」の終止形、ここでは尊敬の補助動詞として使われている。「べき」は当然を表す助動詞「べし」の連体形。おなりになるはずの。

[22] なめり：断定の助動詞「なり」の連体形「なる」に推量の助動詞「めり」が付いた「なるめり」の撥音便形「なんめり」の「ん」が表記されないもの。…であるようだ。…であるように見える。

[23] 来ぬ：「来（き）」はカ行変格活用動詞「来（く）」の連用形。「ぬ」は完了の助動詞「ぬ」の終止形。来た。

妻の嫗(おうな)にあづけて養はす[24]。美しきこと限りなし[25]。いと幼ければ[26]、籠(こ)に入れて養ふ。

[24] 養はす：「養は」はハ行四段活用動詞「養ふ」の未然形。「す」は使役の助動詞「す」の終止形。養わせる。

[25] 美しきこと限りなし：「美しき」はシク活用形容詞「美し」の連体形。「限りなし」はク活用形容詞「限りなし」の終止形。かわいらしいことはこの上もない。

竹取の翁(おきな)この子を見つけて後に、竹をとるに、節をへだててよ[27]ごとに金ある竹を見つくる[28]こと重なりぬ。かくて[29]翁やうやう[30]豊かになりゆく[31]。この児(ちご)養ふほどに[32]、すくすくと大(おほ)きになりまさる[33]。

[26] 幼ければ：「幼けれ」はク活用形容詞「幼し」の已然形。「ば」は順接の接続助詞。前の語「幼けれ」は已然形であるので、ここでは確定条件である。幼いので。

[27] よ：竹の節と節の間の空洞のこと。

[28] 見つくる：カ行下二段活用動詞「見つく」の連体形。見つける。

[29] かくて：このようにして。

[30] やうやう：副詞。だんだんと。しだいに。

[31] なりゆく：ここの「ゆく」は補助動詞。なっていく。

[32] ほどに：接続助詞。…すると。…するうちに。

[33] なりまさる：ラ行四段活用動詞。ますます…となる。しだいに…になる。

三月(みつき)ばかりになる程に、よき程[34]なる人になりぬれば[35]、髪上げなどさうして[36]、髪上げさせ裳着(もぎ)す[37]。

[34] よき程：かぐや姫は、三か月で十二、三歳のように育ち、成人した。

[35] なりぬれば：「なり」はラ行四段活用動詞「なる」の連用形。「ぬれ」は完了の助動詞「ぬ」の已然形。「ば」は順接の接続助詞、ここでは確定条件を表す。なってしまったので。

[36] 髪上げなどさうして：「髪上げ」は女子の成人の儀式で、それまで垂らしていた髪を頭頂に結い上げて、後ろに垂らすこと。平安時代の貴族社会では、結婚前の十二歳から十五歳ぐらいの間に、「裳着」とともに行った。「裳」は女性が腰から下にまとう衣。女性が成人すると、髪上げと同時に、裳着の式が行われた。「さうし」はサ行変格活用動詞「左右す」の連用形。髪上げなどあれやこれやとして。

[37] 髪上げさせ裳着す：「上げ」はガ行下二段活用動詞「上ぐ」の未然形。「させ」は使役の助動詞「さす」の連用形。「着す」はサ行下二段活用動詞「着す」の終止形。髪を結い上げさせ、裳を着せる。

帳(ちやう)[38]の内よりも出(いだ)さず、いつき養ふ[39]。

この児のかたち清(けう)らなる[40]こと世になく、家(や)の内は暗き[41]処なく光満ちたり。翁心地あしく苦しき[42]時も、この子を見れば苦しき事も止みぬ。腹だたしき[43]ことも慰みけり。

翁(おきな)、竹を取ること久しくなりぬ[44]。勢猛(いきほひまう)の者[45]になりにけり[46]。

この子いと大(おほ)きになりぬれば、名をば三室戸斎部秋田(みむろとのいむべのあきた)[47]を呼びてつけさす[48]。秋田、なよ竹のかぐや姫[49]とつけつ[50]。

このほど[51]三日うちあげ遊ぶ[52]。万(よろづ)の遊びをぞ[53]しける[54]。

[38] 帳:貴人などの居所で室内を区切って、人目をさえぎるために垂れ下げる布。

[39] いつき養ふ:大切に世話し養育する。「いつく」はカ行四段活用動詞。神に対するように大切に世話をする。

[40] 清らなる:ナリ活用形容動詞「清らなり」の連体形。清らかで美しい。

[41] 暗き:ク活用形容詞「暗し」の連体形。暗い。

[42] 心地あしく苦しきときも:「あしく」はシク活用形容詞「悪し」の連用形。「苦しき」はシク活用形容詞「苦し」の連体形。気分が悪く、苦しいときも。

[43] 腹だたしき:シク活用形容詞「腹だたし」の連体形。

[44] 久しくなりぬ:「久しく」はシク活用形容詞「久し」の連用形、時間の経過が長い、の意。「なり」はラ行四段活用動詞「なる」の連用形。「ぬ」は完了の助動詞「ぬ」の終止形。長く続いた。

[45] 勢猛の者:勢力のある富豪。

[46] なりにけり:「なり」はラ行四段活用動詞「なる」の連用形。「に」は完了の助動詞「ぬ」の連用形。「けり」は過去の助動詞「けり」の終止形。なってしまった。

[47] 三室戸斎部秋田:三室戸の地の神に仕える斎部の秋田。「斎部」は姓、「秋田」は名。

[48] つけさす:「つけ」はカ行下二段活用動詞「つく」の未然形。「さす」は使役の助動詞「さす」終止形。つけさせる。

[49] なよ竹のかぐや姫:「なよ竹」はほそくしなやかな竹であり、しなやかな女性に対しても用いる。「かぐや姫」は光り輝く姫のこと。

[50] つけつ:「つけ」はカ行下二段活用動詞「つく」の連用形。「つ」は完了の助動詞「つ」の終止形。つけた。

[51] このほど:名詞。この期間。

男はうけきらはず[55]呼び集(つど)へて、いとかしこく[56]遊ぶ。

世界の男、あてなるもいやしきも[57]、いかで[58]このかぐや姫を、得てしがな、見てしがな[59]と、音に聞き、めでて惑ふ[60]。

[52]うちあげ遊ぶ:「うちあげ」はガ行下二段活用動詞「うちあぐ」(酒宴を開いて歌い騒ぐ)の連用形。「遊ぶ」:(詩歌を作ったり、音楽を演奏したり、歌舞をしたりして)楽しむ。

[53] ぞ:強意の係助詞。受ける文末の活用語は連体形で結ぶ。

[54] しける:「し」はサ行変格活用動詞「す」の連用形。「ける」は過去の助動詞「けり」の連体形。

[55] うけきらはず:だれかれかまわず。「うけきらは」はハ行四段活用動詞「うけきらふ」の未然形。「ず」は打消しの助動詞「ず」の連用形。

[56] かしこく:ク活用形容詞「かしこし」の連用形、ここでは副詞的に用いられている。盛大に。大いに。大変に。

[57] あてなるもいやしきも:「あてなる」はナリ活用形容動詞「貴なり」の連体形。「いやしき」はシク活用形容詞「賎し」の連体形。「あてなる」「いやしき」は準体法なので、「身分の高い者も低い者も」と訳する。

[58] いかで:副詞。なんとかして。ぜひとも。

[59] 得てしがな、見てしがな:「得(え)」はア行下二段活用動詞「得(う)」の連用形。「見」はマ行上一段活用動詞「見る」の連用形。ここの「見る」は「結婚する」「妻にする」という意味。「てしがな」は願望の終助詞「てしが」に詠嘆の終助詞「な」が付いて一語化したもの。妻にしたいものだなあ、結婚したいものだなあ。

[60] 音に聞き、めでて惑ふ:「音」は「うわさ」。「めで」はダ行下二段活用動詞「めづ」の連用形、「愛する。恋い慕う。」の意。

译文

原文

今は昔、竹取の翁(おきな)といふものありけり。野山にまじりて竹をとり

現代日本語訳

今となっては昔のことであるが、竹取の翁という者がいたそうな。(彼は)野山に分け入って竹を

つつ、万（よろづ）のことにつかひけり。名をば讃岐造（さぬきのみやつこ）となむいひける。その竹の中に、本光る竹一筋（すぢ）ありけり。怪しがりて寄りて見るに、筒の中光りたり。それを見れば、三寸ばかりなる人いと美しうてゐたり。翁いふやう、「われ朝ごと夕ごとに見る竹の中におはするにて知りぬ。子になり給ふべき人なめり。」とて、手にうち入れて家に持ちて来ぬ。妻の嫗（おうな）にあづけて養はす。美しきこと限りなし。いと幼ければ、籠（こ）に入れて養ふ。

とっては、色々な事に使っていた。（その）名前を讃岐造と言ったそうな。（ある日）その竹の中に、根元が光っている一本の竹があった。（翁は）不思議に思って近寄って見てみると、筒の中が光っている。その中を見ると、三寸（約9センチ）ほどの人が、たいへんかわいらしい姿ですわっていた。翁が言うには、「私が毎朝毎晩に見る竹の中にいらっしゃることによってわかった。私の子におなりなさるはずの人のようだ。」といって、手のひらの中にそっと入れて家へ持ってきた。妻であるお婆さんに預けて養育させる。かわいらしいことはこの上もない。（かぐや姫が）とても幼いので、かごに入れて育てる。

竹取の翁（おきな）この子を見つけて後に、竹をとるに、節をへだててよごとに金ある竹を見つくること重なりぬ。かくて翁やうやう豊かになりゆく。この児（ちご）養ふほどに、すくすくと大きになりまさる。三月（みつき）ばかりになる程に、よき程なる人になりぬれば、髪上げなどさうして、髪上げさせ裳（も）着（ぎ）す。帳（ちやう）の内よりも出（いだ）さず、いつき養ふ。この児のかたち清（けう）らなること世になく、家（や）の内は暗き処なく光満ちたり。翁心地あしく苦しき時も、この子を見れば苦しき事も止みぬ。腹だたしきことも慰みけり。

竹取の翁はこの子を見つけて以後に、竹を取ると、竹の節と節の間ごとに金が入っている竹を見つけることが重なった。このようにして、翁はだんだん豊かになっていく。この子を育てると、すくすくと大きくなっていく。三か月ぐらいたった頃に、人並みほどの大人になったので、髪上げなどをあれこれ手配して、髪を結い上げさせ、裳を着せる。帳台の中からも出さず、大切に育てる。この子の顔だちの清らかで美しいことはこの世に類がなく、家の中は暗いところなど無いほど光に満ち溢れている。翁は気分が悪く苦しいときでも、この子を見ると苦しいこともなくなった。腹立たしいことも気が晴れた。

翁（おきな）、竹を取ること久しくなりぬ。勢猛（いきほひまう）の者になりにけり。こ

翁は竹を取ることが長く続いた。財力の大きい者になった。この子はたいそう大きくなった

の子いと大きになりぬれば、名をば三室戸斎部秋田（みむろとのいむべのあきた）を呼びてつけさす。秋田、なよ竹のかぐや姫とつけつ。このほど三日うちあげ遊ぶ。万（よろづ）の遊びをぞしける。男はうけきらはず呼び集（つど）へて、いとかしこく遊ぶ。世界の男、あてなるもいやしきも、いかでこのかぐや姫を、得てしがな、見てしがなと、音に聞き、めでて惑ふ。

ので、三室戸斎部秋田を呼んで名前をつけさせた。秋田は、なよ竹のかぐや姫、と名づけた。この間、三日間宴会を開いて歌舞音楽をして楽しむ。管弦や歌舞などありとあらゆる遊びをした。男の人はだれかれかまわず呼び集めて、たいそう盛大に楽しんだ。世の中の男は、身分の高い男も低い男も、どうにかしてこのかぐや姫を手に入れたいものだなあ、妻にしたいものだなあと、（かぐや姫の美しさを）うわさに聞いて、恋い慕って思い乱れる。

（三）重点语法

1. 過去の助動詞「けり」

助動詞「き」との違いの一つは、「き」が直接経験し記憶にある過去の意味をあらわすのに対し、「けり」は人から伝え聞いたことの回想をあらわすことである。そのため、現代語訳は「～した」の他にも「～したそうだ」などと訳す場合もある。

『竹取物語』の中には「けり」がたくさん用いられている。文章中に出ている例：

①「今は昔、竹取の翁といふものありけり。」

②「野山にまじりて竹をとりつつ、万のことにつかひけり。」

③「名をば讃岐造となむいひける。」

④「その竹の中に、本光る竹一筋ありけり。」

⑤「腹だたしきことも慰みけり。」

⑥「勢猛の者になりにけり。」

⑦「万の遊びをぞしける。」

2. 完了の助動詞「ぬ」と「つ」

完了の助動詞「ぬ」は「つ」とほぼ同じ意味・用法だが、「ぬ」と「つ」との間には、次のような差異が見られる。

(1)「ぬ」は自動詞に、「つ」は他動詞に付くことが多い。

(2)「ぬ」は自然的作用・無意的動作を、「つ」は有意的動作を表す。

文章中に出ている「ぬ」の例：

①「われ朝ごと夕ごとに見る竹の中におはするにて知りぬ。」

②「手にうち入れて家に持ちて来ぬ。」

③「竹を見つくること重なりぬ。」

④「三月ばかりになる程に、よき程なる人になりぬれば」

⑤「この子を見れば苦しき事も止みぬ。」

⑥「翁、竹を取ること久しくなりぬ。」

⑦「勢猛の者になりにけり。」

⑧「この子いと大きになりぬれば」

文章中に出ている「つ」の例：

「秋田、なよ竹のかぐや姫とつけつ。」

3. 敬語表現

文章中に出ている敬語表現の例：

①「われ朝ごと夕ごとに見る竹の中におはするにて知りぬ。」

「おはする」は尊敬の本動詞「おはす」の連体形、「いらっしゃる」と訳す。話し手の翁から「かぐや姫」への敬意を表す。

「おはす」は「あり」「行く」「来(ク)」の尊敬語、存在、または移動の意味を表す。中古に発生し、「おはします」とともに大いに用いられたが、「おはします」よりは敬意が低い。同じく、いらっしゃる意を表す「ものし給ふ」よりは少し高い敬意を表した。また、用言の連用形、またそれに助詞「て」が付いた形に付いて補助動詞としても使われる。

②「子になり給ふべき人なめり。」

「たまふ」は尊敬の補助動詞「たまふ」の終止形、「お～になる」と訳す。話し手の翁から「かぐや姫」への敬意を表す。

「たまふ」には四段活用(尊敬語の用法)と下二段活用(謙譲語の用法)がある。

(1) 四段活用(尊敬語の用法)

①「与ふ」「授く」の尊敬語。お与えになる。下さる。

②(命令形「たまへ」の形で)しなさい。してください。

③ 補助動詞として、動詞や助動詞の連用形について尊敬の意を表す。～てくださる。お～になる。お～なさる。また、「せたまふ・させたまふ・しめたまふ」はより高い敬語(最高敬語・二重敬語)を表す場合もあるので文脈から判断する。

(2) 下二段活用(謙譲語の用法)

①「受く」「飲む」「食ふ」の謙譲語。いただく。ちょうだいする。

② 補助動詞とし、主に「思ふ」「見る」「聞く」などの連用形に付いて謙譲の意を表す。…させていただきます。…ております。

だが、謙譲の本動詞としての用例は少ない。

(四) 古文常识

1. 物語文学

「物語」とは、本来は「物を語る」ことであるが、文学としては、作者がその見聞・想像などを基にして、事件や人物などについて筋を立てて人に語る形式で書かれた散文をいう。また、狭義には平安時代から室町時代にかけて作られた創作読み物をさす。物語文学は口承文芸を母体とする『竹取物語』に始まるとされ、この作り物語の流れは伝奇的なものから次第に写実性を獲得した。一方、和歌の詞書から発展して『伊勢物語』を代表とする歌物語が成立する。さらに作者の経験に即した『蜻蛉日記』のような日記文学の系譜があり、これも物語の一種と呼ぶことができる。これらを発展的・統一的にうけついで『源氏物語』が出現する。『源氏物語』以後は、『狭衣(さごろも)物語』『堤中納言物語』等の長編・短編が数多く書かれたが、いずれも『源氏物語』とは別の領域をひらくにはいたらず、中世の擬古物語にうけつがれてゆく。仮名文で書かれ、女性を主な読み手としたこれらの物語の退潮と並行して、『大鏡』などの歴史物語、『今昔物語集』以下の説話文学が台頭する。

2. 貴族の成人式

男子成人式

男子は、11 歳～15 歳ぐらいまでの間に「元服」とよばれる儀式を行う。「元」とは首(コウベ)、「服」とは冠の意とされるように、儀式の中核は、元服以前には童(ワラワ)とよばれて頭頂をあらわにしていた男児に、成年の象徴としての冠を加え、髪形、服装を改めることにあり、これを期に社会的に一人前の扱いを受ける。冠をかぶせる役目は朝廷で力のある人にお願いするのが慣例で、元服後もその人に後見人として支えてもらっていた。

女子の成人式

女子は12 歳～14 歳のころまでに「裳着」という儀式を行う。吉日を選んで尊長者が裳の腰紐(こしひも)を結び、髪を垂れ髪から結い髪に改める。この儀式の後に、「裳」を身にまとい、髪の毛を結いあげて、一人前の大人であることを示す。またお歯黒や引眉(眉毛を剃り描き直すこと)を始めるのもこの年頃からである。自分の娘に裳着を行わせることは、お嫁に行かせる準備ができているという親の意思表示でもある。

元服、裳着を終えると、一人前の大人として結婚が許されるようになったのである。

3. 現代と意味の違う言葉

文語においては、現代日本語と意味の違う言葉がたくさん存在している。

文章中に出ている例：

①「怪しがりて寄りて見るに」

この「あやしがりて」は、「不思議に思って」の意を表す。現代の「怪しいと思う」とは意味がちがい、「変だと思う」意は無い。

②「三寸ばかりなる人いと美しうてゐたり。」

「ゐ」は「ゐる」(「いる」)の連用形。この「ゐる」は「すわる」意を表す。現代語の「居る」の「存在している」という意味とはちがう。

③「美しきこと限りなし。」

「美しき」は「美し」の連体形、②の「うつくしう」は「美し」の連用形の「ウ音便」である。この「うつくし」は、現代の「うつくしい」と違い、「かわいらしい」という意味を表す。

④「かくて翁やうやう豊かになりゆく」

この「やうやう」は「ようよう」と読むが、現代語でよく使われている「やっと」の意ではなく、「だんだんと・しだいに」という意味を表す。

⑤「いかでこのかぐや姫を、得てしがな、見てしがなと」

「見」は「見る」の連用形。この「見る」は現代語と違い、「結婚する」「妻にする」という意味を表す。

五 『伊勢物語』

(一) 作品评鉴

《伊势物语》是平安时代初期的和歌物语，一卷本，作者不详。它与《竹取物语》几乎产生于同一时代，两者并称为平安时代物语文学的先驱。

物语文学产生于10世纪初，《竹取物语》所代表的传奇物语以及《伊势物语》所代表的和歌物语是其早期的两大流派。相对于以空想世界为舞台的传奇物语，和歌物语则是以现实的和歌为中心发展出来的物语形态。与传奇物语相比，和歌物语的虚构程度较低，它将和歌与散文融为一体，互为补充，营造出一个以和歌为中心的独特世界。

《伊势物语》由大约125段诗文构成，每段多以“从前有一位男子”开头。这种叙事手法古已有之，但由于其中采用了大量在原业平的和歌，且有些段落直接以业平的别名称呼主人公，因此主人公的身上无疑存在业平的身影。在原业平是平安时代初期著名的和歌诗人，平城天皇皇子阿保亲王第五子，《古今和歌集·假名序》推之为“六歌仙之首”，评价其歌风情感丰沛、富有余韵。传说中的业平容姿端丽，放纵不羁，是一位长于抒情的和歌名家、风流多情的花样美男。不过，故事主人公的人生际遇与业平并不完全吻合，而有些段落主人公的身份与业平毫不相关，比如本篇节选的段落《筒井筒》的主人公就是一位地方官吏之子。除了男女之间的恋爱故事，作品中也描述了骨肉之情、君臣朋友之爱以及贵族社会的社交生活，与主人公相关的其他人物也多使用类似的“某位女子”“某人”之类的泛称。因此可以说，《伊势物语》是以在原业平为原型的“一位男子”的传记风格物语，但其中也并不单纯只是业平的故事，而是描述了平安时代贵族社会具有普遍意义的社会形态。

作品每段文章由短则两三行、长则数十行的短文与几首和歌组成，这些短文与和歌相互映衬，形成了一个个短小精致的故事，这些故事或相互连贯，或独立成章，共同演绎出“一位男子”跌宕起伏、风流俊雅的一生。故事从“一位男子”束发加冠、外出游猎、在京都郊外邂逅一对美丽高贵的姐妹开始，讲述了其在宫廷及地方的种种恋爱情事以及漂泊东国的见闻，最后以临终感慨诗结尾。这位男子出身名门贵族，但被当时的权势所排挤，仕途坎坷，怀才不遇，不得不纵情于风流韵事之中，既有与纯朴温婉的少女的纯真恋爱，也有与身份高贵的二条皇后藤原高子的偷情，主人公在文学之域尽情展露自己的才华，将王朝的男欢女爱发挥得淋漓尽致，表现出其风流多情的性格，也体现出其至情至性的特质。

作品运用诗歌与散文、抒情与叙事相结合的手法，成功塑造了一位风流多情的男子的理想形象，营造出一个意境悠远、典雅优美的抒情世界。其巧妙的艺术构思、独特的表现手法、出色的景物描写、典型的人物塑造，令这部作品成为日本古典文学的典范，对后世的物语文学乃至和歌的发展具有深远影响，其中的故事也成为净琉璃、歌舞伎等作品常见的题材之一，尤其是"一位男子"的鲜活形象对后世的物语巨作《源氏物语》中主人公光源氏的形象塑造影响至深。

（二）节选

1

筒井筒

原文

昔、田舎わたらひしける人の子ども、井のもとに出でて遊びけるを、大人になりにければ、男も女も恥ぢかはしてありけれど、男はこの女をこそ得めと思ふ。女はこの男をと思ひつつ、親のあはすれども、聞かでなむありける。

さて、この隣の男のもとより、かくなむ、

筒井筒　井筒にかけし まろがたけ過ぎにけらしな 妹見ざるまに

女、返し、

比べ来し振り分け髪も肩過ぎぬ君ならずして誰かあぐべき

など言ひ言ひて、つひに本意のごとくあひにけり。

さて、年ごろ経るほどに、女、親なく、頼りなくなるままに、もろともにいふかひなくてあらむやはとて、河内の国高安の郡に、行き通ふ所いできにけり。さりけれど、このもとの女、悪しと思へる気色もなくて、いだしやりければ、男、異心ありてかかるにやあらむと思ひ疑ひて、前栽の中に隠れゐて、河内へ往ぬる顔にて見れば、この女、いとよう化粧じて、うち眺めて、

風吹けば沖つ白波たつた山夜半にや君が ひとり越ゆらむ

と詠みけるを聞きて、限りなくかなしと思ひて、河内へも行かずなりにけり。

まれまれかの高安に来てみれば、初めこそ心にくくもつくりけれ、今はうちとけて、手づから飯匙取りて、笥子のうつはものに盛りけるを見て、心憂がりて行かずなりにけり。さりければ、かの女、大和の方を見やりて、

君があたり 見つつを居らむ　生駒山 雲な隠しそ雨は降るとも

と言ひて見出だすに、からうじて、大和人、「来む。」と言へり。喜びて待つに、たびたび過

ぎぬれば、

君来むと言ひし夜ごとに過ぎぬれば頼まぬものの恋ひつつぞ経る

と言ひけれど、男住まずなりにけり。

解释

本文

昔、田舎(ゐなか)わたらひしける[1]人の子ども[2]、井のもとに出(ゐ)でて遊びけるを[3]、大人になりにければ[4]、男も女も恥ぢかはして[5]ありけれど、男はこの女をこそ得(え)め[6]と思ふ。女はこの男を[7]と思ひつつ[8]、親のあはすれども[9]、聞かで[10]なむありける[11]。

解説

[1] 田舎わたらひ：田舎で生計を立てて暮らすこと。しける：サ行変格活用動詞「す」の連用形＋過去の助動詞「けり」の連体形。

[2] 子ども：子供ら。ここの「ども」は複数を表す接尾語で、現代語の単数を表す「子供」とは違う。

[3] 遊びけるを：遊んでいたが。「ける」は過去の助動詞「けり」の連体形。「を」は接続助詞、が。

[4] 大人になりにければ：大人になったので。「に」は完了の助動詞「ぬ」の連用形。「けれ」は過去の助動詞「けり」の已然形。「ば」は原因・理由を表す接続助詞。

[5] 恥ぢかはして：「恥じ交わして」と読む。お互いに恥ずかしがって。

[6] この女をこそ得(え)め：この女をぜひ妻にしよう。「こそ」と「得め」が係り結びになっている。「こそ」は強意を表す係助詞。「得(え)」はア行下二段活用動詞「得(う)」の未然形。「め」は推量の助動詞「む」の已然形。

[7] この男を：後ろに「こそ得め」などが省略されている。

[8] 思ひつつ：思い続けて。「つつ」は継続を表す接続助詞。

[9] 親のあはすれども：「の」は主格の格助詞、が。「あはすれ」はサ行下二段活用「あはす」の已然形、「結婚させる」という意味。「ども」は逆接の確定条件を表す接続助詞。親が（他の男と）結婚させようとするけれども。

さて、この隣の男のもとより、かくなむ[12]、

筒井筒(つつゐづつ)[13]　井筒(ゐづつ)[14]にかけし[15]
まろがたけ[16]過ぎにけらしな[17]
妹(いも)見ざるまに[18]

女、返し、

比べ来(こ)し振り分け髪[19]も肩過ぎぬ君ならずして誰(たれ)かあぐべき[20]

[10] 聞かで：聞かないで。「…で」は打消の接続助詞。

[11] なむありける：係り結び。「なむ」は強意の係助詞。「ける」は過去の助動詞「けり」の連体形。

[12] かくなむ：このように。「なむ」は係助詞、ここでは係り結びの省略、「詠みける」または「詠める」などの文節が省略されている。

[13] 筒井筒：「筒井」は筒状に掘り下げた井戸、「筒井筒」は筒井の上に設けた囲い。

[14] 井筒：木や石などで作った井戸の地上部分の囲い。本来は円筒形のものを指す。

[15] かけし：「かけ」はカ行下二段活用「かく」の連用形、「計り比べる」の意。「し」は過去の助動詞「き」の連体形。

[16] まろがたけ：「まろ」は自称の代名詞、わたし(男女ともに用いる)。「が」は格助詞、…の。「たけ」はここで「身長」を意味する。

[17] 過ぎにけらしな：「過ぎ」はガ行上二段活用「すぐ」の連用形。「に」は完了の助動詞「ぬ」の連用形。「けらし」は過去推量の助動詞「けらし」の終止形。「にけらし」は「…てしまったらしい」「…てしまったようだ」の意。「な」は詠嘆の終助詞。

[18] 妹見ざるまに：「妹」は男性が妻や恋人、姉妹など親愛をこめて呼ぶときに用いる呼び名、あなた。「ざる」は打ち消しの助動詞「ず」の連体形。

[19] 比べ来(こ)し振り分け髪：比べあってきた振り分け髪。「くらべ」はバ行下二段活用「くらぶ」の連用形。「来(こ)」はカ行変格活用「来(く)」の未然形。「し」は過去の助動詞「き」の連体形。「振り分け髪」は頭のてっぺんから髪を左右にわけて垂らし、肩の辺りで切りそろえた髪型、男女とも８　歳ごろまでしていた。

[20] 誰(たれ)かあぐべき：「あぐ」はガ行上二段活用「あ

ぐ」の終止形、「髪を結い上げる」の意味、当時の女性は成人の証として髪を結い上げた。「べき」は推量・意志・当然の助動詞「べし」の連体形。「か」は係助詞、「たれかあぐべき」が係り結び。

など言ひ言ひ[21]て、つひに本意(ほい)[22]のごとくあひにけり[23]。

[21] 言ひ言ひ:「言ひ」はハ行四段活用動詞「言ふ」の連用形。ここの「言ふ」は「(歌を)詠む」という意味。「言ひ言ひ」は畳語、「繰り返し(歌を)詠み交わす」の意味。

[22] 本意:本来の望み。

[23] あひにけり:結婚した。「あひ」はハ行四段活用「あふ」の連用形、「結婚する」の意味。「にけり」は「…てしまった」の意味、「に」は完了の助動詞「ぬ」の連用形、「けり」は過去の助動詞「けり」の終止形。

さて、年ごろ[24]経(ふ)るほどに、女、親なく、頼りなくなるままに[25]、もろともに[26]いふかひなく[27]てあらむやは[28]とて、河内(かふち)の国高安(こうやす)の郡(こほり)[29]に、行き通ふ[30]所いできにけり[31]。

[24] 年ごろ:数年間。

[25] ままに:…につれて。

[26] もろともに:いっしょに。

[27] いふかひなく:形容詞「いふかひなし」の連用形、「どうしようもない」の意味。

[28] あらむやは:いられようか、いや、いられない。「あら」はラ行変格活用「あり」の未然形。「む」は推量の助動詞「む」の終止形。「やは」は反語の係助詞または終助詞。

[29] 河内の国高安の郡:現在の大阪府中河内郡、奈良と大阪の間にある。

[30] 行き通ふ:(男が女のところへ)通って行く。

[31] いできにけり:できてしまった。「いでき」はカ行変格活用「いでく」の連用形、「できる」の意味。「に」は完了の助動詞「ぬ」の連用形。「けり」は過去の助動詞「けり」の終止形。

さりけれど[32]、このもとの女、悪(あ)しと思へる[33]気色(けしき)[34]もなくて、いだしやり[35]ければ、男、異心(ことごころ)[36]あり

[32] さりけれど:そうではあるけれど。ここでの「さ」は、男が河内の女に通うようになったことを指す。

てかかるにやあらむ[37]と思ひ疑ひて、前栽（せんざい）の中に隠れゐ[38]て、河内へ往ぬる顔[39]にて見れば、この女、いとよう化粧（けさう）じ[40]て、うち眺め[41]て、

風吹けば沖つ白波[42]たつた山[43]
夜半（よは）にや君がひとり越ゆらむ[44]

と詠みけるを聞きて、限りなくかなし[45]と思ひて、河内へも行かずなりにけり。

まれまれ[46]かの[47]高安に来てみれば、初めこそ心にくく[48]もつく

[33] 思へる:「思へ」はハ行四段活用「おもふ」の已然形または命令形。「る」は完了・存続の助動詞「り」の連体形。

[34] 気色:態度、振る舞い、様子。

[35] いだしやり:送り出してやる。

[36] 異心:浮気心。

[37] にやあらむ:…であろうか。「に」は断定の助動詞「なり」の連用形。「や」は係助詞、受ける文末の活用語は連体形で結ぶ。「あら」はラ行変格活用「あり」の未然形。「む」は推量の助動詞「む」の連体形。

[38] 前栽の中に隠れゐて:「前栽」は庭の植え込み。「隠れゐ」は「隠れてじっとして」の意味。

[39] 往ぬる顔:行くふり。「往ぬる」はナ行変格活用動詞「往ぬ」の連体形。「顔」は「ふり」の意味。

[40] いとよう化粧じ:「いと」は副詞、「たいそう」の意。「よう」は形容詞「よし」の連用形「よく」のウ音便。「化粧じ」はサ行変格活用「化粧ず」の連用形。

[41] うち眺め:マ行下二段活用「うちながむ」の連用形。物思いにふけって、ぼんやり見つめる。「うち」は接頭語。

[42] 風吹けば沖つ白波:序言葉、「たつた山」を導く。

[43] たつた山:現在の奈良県にある龍田山、歌枕として用いられる代表的なもののひとつ、「立田山」とも書く。「たつ」は波が「立つ」と龍田山の「龍」との掛詞になっている。

[44] 夜半にや君がひとり越ゆらむ:「越ゆ」はヤ行下二段活用「こゆ」の終止形。「らむ」は現在推量の助動詞「らむ」の連体形。「や…らむ」が係り結びとなっている。

[45] かなし:シク活用形容詞「かなし」の終止形。いとしい。かわいい。

[46] まれまれ:ごくまれに。たまに。ときたま。

[47] かの:あの。

りけれ[49]、今はうちとけ[50]て、手づから飯匙(いひがひ)取りて[51]、笥子(けこ)のうつはもの[52]に盛りけるを見て、心憂(う)がりて[53]行かずなりにけり[54]。

さりければ[55]、かの女、大和[56]の方(かた)を見やりて、

君があたり見つつを[57]居(を)らむ生駒山(いこまやま)[58]雲な隠しそ[59]雨は降るとも

と言ひて見出(みい)だすに[60]、からうじて[61]、大和人(やまとびと)[62]、「来(こ)む[63]。」と言へり[64]。喜びて待つに[65]、たびたび過ぎぬれば[66]、

[48] 心にくく:ク活用形容詞「こころにくし」の連用形。奥ゆかしく。

[49] つくりけれ:「つくり」はラ行四段活用動詞「つくる」の連用形、ここでは「化粧をする」「(体裁を)よそおう」の意味。「けれ」は係り結びの結びだが、ここでは逆接強調法として用いられる。

[50] うちとけ:カ行下二段活用「うちとく」の連用形。うちとける。気を許す。

[51] 手づから飯匙取りて:「手づから」は自分の手で。「飯匙」はしゃもじ。

[52] 笥子のうつはもの:ご飯をよそるお椀。

[53] 心憂がりて:嫌に思って。嫌気が差して。「心憂し」の変化した形。

[54] 行かずなりにけり:行かなくなってしまった。「行か」はカ行四段活用「いく」の未然形。「ず」は打消の助動詞「ず」の連用形。「なり」はラ行四段活用「なる」の連用形。「に」は完了の助動詞「ぬ」の連用形。「けり」は過去の助動詞「けり」の終止形。

[55] さりければ:そういうわけで。

[56] 大和:現在の奈良県。

[57] を:間投助詞。文中に用いて、強調を表す。…ね。…よ。

[58] 生駒山:現在の奈良県生駒郡と大阪府河内郡との境にある山で、歌枕として用いられる代表的なもののひとつ。

[59] 雲な隠しそ:「な…そ」で禁止を表す。「雲よ、隠すな」の意味。

[60] 見出すに:外の方を眺めると。「に」は接続助詞。…ところ。…と。

[61] からうじて:副詞「からくして」のウ音便。やっとのことで。ようやく。

[62] 大和人:主人公の男。大和地方に住んでいることから。

君来むと言ひし[67]夜ごとに過ぎぬれば頼まぬものの[68]恋ひつつぞ経る

と言ひけれど、男住(す)まずなりにけり[69]。

[63] 来む:来よう。行こう。「来(こ)」はカ行変格活用「く」の未然形。「む」は意志の助動詞「む」の終止形。
[64] 言へり:「言へ」はハ行四段活用「いふ」の已然形または命令形。「り」は完了・存続の助動詞「り」の終止形。
[65] 待つに:ここの「に」は逆接の確定条件を表す接続詞。…のに。…けれども。
[66] 過ぎぬれば:過ぎてしまったので。「過ぎ」はガ行上二段活用「すぐ」の連用形。「ぬれ」は完了の助動詞「ぬ」の已然形。「ば」は原因、理由を表す接続助詞。
[67] 言ひし:「言ひ」はハ行四段活用「いふ」の連用形。「し」は過去の助動詞「き」の連体形。
[68] 頼まぬものの:もう、あてにはしないけれど。「頼ま」はマ行四段活用「たのむ」の未然形、意味は「あてにする」。「ぬ」は打消の助動詞「ず」の連体形。「ものの」は逆接の接続助詞。
[69] 住まずになりにけり:(河内の女の家に)通って来なくなってしまった。ここの「住む」は「夫となって女のもとに通う」ことを指す。

译文

原文

昔、田舎わたらひしける人の子ども、井のもとに出でて遊びけるを、大人になりにければ、男も女も恥ぢかはしてありけれど、男はこの女をこそ得めと思ふ。女はこの男をと思ひつつ、親のあはすれども、聞かでなむありける。さて、この隣の男のもとより、かくなむ、

筒井筒　井筒にかけし　まろがたけ過ぎにけらしな　妹見ざるまに

現代日本語訳

昔、田舎で暮らしていた人の子供たちが、井戸の周りで遊んでいたが、大人になったので男も女も互いに恥かしがったが、男はこの女をぜひ妻にしようと思い、女はこの男を(ぜひ夫にしよう)と思いながら(暮らしていて)、親が(他の人と)結婚させようとするけれど聞き入れないでいた。そして、この隣に住む男のところから、このように(歌を詠んできた)。

筒井を囲う井筒の高さを目標にした私の背丈は、井筒を越してしまったらしいよ。あなたの顔を見ない間に。

女、返し、

比べ来し振り分け髪も肩過ぎぬ
君ならずして誰かあぐべき

など言ひ言ひて、つひに本意のごとくあひにけり。

さて、年ごろ経るほどに、女、親なく、頼りなくなるままに、もろともにいふかひなくてあらむやはとて、河内の国高安の郡に、行き通ふ所いできにけり。さりけれど、このもとの女、悪しと思へる気色もなくて、いだしやりければ、男、異心ありてかかるにやあらむと思ひ疑ひて、前栽の中に隠れゐて、河内へ往ぬる顔にて見れば、この女、いとよう化粧じて、うち眺めて、

風吹けば沖つ白波たつた山夜半
にや君がひとり越ゆらむ

と詠みけるを聞きて、限りなくかなしと思ひて、河内へも行かずなりにけり。

まれまれかの高安に来てみれば、初めこそ心にくくもつくりけれ、今はうちとけて、手づから飯匙取りて、笥子のうつはものに盛りけるを見て、心憂がりて行かずなりにけり。さりければ、かの女、大和の方を見やりて、

女の返歌は、

お互いに長さを比べ合ってきた私の振り分け髪も、肩を過ぎるほど伸びてしまいました。(夫と思い定めた)あなた以外のだれのために髪上げをしましょうか。

などと歌を詠みかわして、ついに(二人は)本来の望みどおりに結婚をしたそうだ。

そうして、数年が経つうちに、女は、親が亡くなり、(生活の)より所がなくなるにつれて、(男は、この女と)一緒にしがない暮らしをしていられようか、いやいられないと思って、河内の国の高安の郡に、通って行くところ(新しい女)ができた。しかしながら、このもとからの女は(この男の行動を)不快に思う様子もなく、(男を新しい女のもとへと)送り出してやったので、男は、(他の男を思う)浮気心があってこのようにしているのであろうかと疑わしく思って、庭の植え込みの中に隠れていて、河内へと行ってしまったふりをして(女の様子を)うかがったところ、この女は、たいへん美しく化粧をして、物思いにふけりながらぼんやりと外を見やって、

風が吹くと沖の白波がたつ、その「たつ」と同じ名前がついている竜田山を、夜中にあの人は一人で越えているのでしょうか。

と詠んだのを聞いて、(男は女のことを)この上なく愛おしく思って、河内へも行かなくなったそうだ。

(男が)ごくまれに例の高安(の女の元)に来てみると、(女は)初めこそ奥ゆかしくよそおっていたが、今は慣れ親しんで、自分でしゃもじを手にとって、(ご飯を)器によそったのを見て、(男は)うんざりして行かなくなってしまった。そういうわけで、例の女は、(男が住む)大和の方を遠く見やって、

君があたり　見つつを居らむ　生駒山雲な隠しそ　雨は降るとも

あなたがいらっしゃるあたりを眺めながら暮らしましょう。生駒山を、雲よ、隠さないでおくれ。雨は降ろうとも。

と言ひて見出だすに、からうじて、大和人、「来む。」と言へり。喜びて待つに、たびたび過ぎぬれば、

と言って外を眺めていると、ようやく、大和の人(男)が、「(あなたのもとへ)行こう。」と言ってきた。(高安の女は)喜んで待つのに、その度に(男はやってくることなく時間がむなしく)過ぎてしまったので、(女は)

君来むと　言ひし夜ごとに　過ぎぬれば　頼まぬものの　恋ひつつぞ経る

あなたが来ようと言った夜ごとに、(むなしく時間が)過ぎてしまったので、(もう)あてにはしていませんが、(やはりあなたを)恋しく思いながら日を送っております。

と言ひけれど、男住まずなりにけり。

と詠んだけれど、男は(高安へは)通って来なくなってしまったそうだ。

(三) 重点语法

1. 係り結び

(1)「こそ〜已然形、〜」

文中に係助詞「こそ」があると、文末の活用語が已然形になるが、そこで文が終わらずに下へ続く場合、逆接の意で続く働きがある。例:

「初めこそ心にくくもつくりけれ、今はうちとけて、」

(初めこそ奥ゆかしくよそおっていたが、今は慣れ親しんで、)

(2) 引用を表す格助詞「と」の前の結び

①「男はこの女をこそ得めと思ふ。」(結びは意志の助動詞「む」の已然形)

②「異心ありてかかるにやあらむと思ひ疑ひて」(結びは推量の助動詞「む」の連体形)

引用を表す「と」の前で文が終わっていると見なせる。

(3) 係助詞「やは」は反語を表すことが多い

「もろともにいふかひなくてあらむやはとて」(一緒にしがない暮らしをしていられようか、いやいられないと思って)

(4) 係り結びの省略

「この隣の男のもとより、かくなむ」(係助詞「なむ」の後には「詠みける」または「詠め

る」などの文節が省略されている。）

(5) ほかの係り結びの例：

①「親のあはすれども、聞かでなむありける。」（結びは過去の助動詞「けり」の連体形）

②「夜半にや君がひとり越ゆらむ」（結びは現在推量の助動詞「らむ」の連体形）

③「恋ひつつぞ経る」（結びは下二段活用の動詞「経（フ）」の連体形）

2.「らむ」の識別

文章中に出ている「らむ」の例：

①「もろともにいふかひなくてあらむやはとて、」

「あ」だけで意味をなさないから、「あら」＋「む」と考える。つまり、ラ変動詞「あり」の未然形の活用語尾＋推量の助動詞「む」の終止形。

②「異心ありてかかるにやあらむと思ひ疑ひて」

「あ」だけで意味をなさないから、「あら」＋「む」と考える。つまり、ラ変動詞「あり」の未然形の活用語尾＋推量の助動詞「む」の連体形（係助詞「や」の結び）。

③「夜半にや君がひとり越ゆらむ」

「越ゆ」は下二段活用動詞の終止形。それにつく「らむ」は助動詞と考える。つまり、現在推量の助動詞「らむ」の連体形（係助詞「や」の結び）。

④「君があたり見つつを居らむ」

「を」だけで意味をなさないから、「をら」＋「む」と考える。つまり、ラ変動詞「をり」の未然形の活用語尾＋意志の助動詞「む」の終止形。

3.「に」の識別

文章中に出ている「に」の例：

①「井のもとに出でて遊びけるを」

②「夜半にや君がひとり越ゆらむ」

体言の後の「に」は動作の行われる場所や時間などを示す格助詞。

③「つひに本意のごとくあひにけり。」

④「もろともにいふかひなくてあらむやはとて、」

「つひに」「もろともに」は一語で、ここの「に」は副詞の一部。

⑤「大人になりにければ、」

⑥「行き通ふ所いできにけり。」

動詞の連用形の後につく「に」は完了の助動詞「ぬ」の連用形で、その後の「けり」は過去の助動詞。

⑦「…と言ひて見出だすに、からうじて、…と言へり。」

⑧「喜びて待つに、たびたび過ぎぬれば、」

動詞の連体形の後につく「に、」は接続助詞、⑦は単純接続、⑧は逆接の意を表している。

⑨「異心ありてかかるにやあらむと思ひ疑ひて、」

「かかる」のあとに体言が省略されていると考えられる。「に」は断定の助動詞「なり」の連用形。「にやあらむ」は「であろうか」と訳す。

4.「な～そ」

副詞「な」は動詞の連用形(カ変・サ変は未然形)の上に付いて、その動詞の表す動作を禁止する意を表す。特に、動詞の下にさらに終助詞「そ」「そね」を伴い、「な…そ」「な…そね」の形をとる場合が多い。「～しないでくれ」というような頼むようなニュアンスがある。終助詞「な」(動詞型活用語の終止形に接続)に比してもの柔らかな禁止の意を表す。例：

「生駒山雲な隠しそ」(生駒山を、雲よ、隠さないでおくれ。)

5. 打消しの接続助詞「で」

活用語の未然形に付く。打ち消しの意を表し、下に続ける。「～ないで」「～ずに」と訳す。例：

「親のあはすれども、聞かでなむありける。」(親が(他の人と)結婚させようとするけれど聞き入れないでいた。)

「またさらでもいと寒きに」(また、そうでなくとも、たいそう寒い朝に)(『枕草子・春はあけぼの』)

「目に髪のおほへるをかきはやらで」(目に髪の毛がおおいかぶさっているのを、かきのけもしないで)(『枕草子・うつくしきもの』)

(四) 古文常识

1. 歌物語

「歌物語」は平安初期に現れた物語文学の一種であり、和歌の詞書(ことばがき)や左注、その歌にまつわる説話を発展させ、歌を中心に物語としたものである。『竹取物語』のような「作り物語」に対して、10 世紀に集中的に制作された『伊勢(イセ)物語』『大和(ヤマト)物語』『平中(ヘイチュウ)物語』などの類をいい、叙情的内容が強い。古くから、和歌についてその作者や作歌事情などを口頭で語り伝える「歌語り」と称せられるものがあったらしいが、とくに9 世紀なかばの和歌再興期以後、実在の人物の和歌がどのような事情で詠まれたかに深い関心が寄せられ、それが宮廷社会で「歌語り」として語られるようになった。歌物語はそうした「歌語り」を物語として洗練させながら、作中人物の、歌を詠まざるをえない心情の経緯を語ろうとしている。歌物語自体は10世紀に限られるが、そこでの、歌を詠まざるをえない心情のあり方、散文と歌の緊張的なかかわり方などという歌物語固有の方法が、11世紀以後の『源氏物語』その他の物語に受け継がれていく。

2. 平安時代貴族の結婚

平安時代の貴族は、一夫多妻制だった。しかし、正妻は一人だけ。結婚後も夫婦が同居せず、男性が女性の居住場所を訪ねる、いわゆる通い婚(妻問婚)をとった。その時の家族は女性中心に動いていた。親から家の名目と財産を受け継いだのが男性ではなく、女性だったらしい。男性は15、16歳になると結婚相手の女性を探し、相手の女性が賛成すると、生活は女性の家で行うようになった。それも、男性が夜に通ってきて朝には帰った。昼間は、男性女性ともに、それぞれの家で働き、農業その他の仕事を行うのが普通だった。男性が3日間連続して女性の家に通い、3日目の夜にお祝いの餅を食べ、朝、妻の両親や家族に正式に顔を見せ、結婚したことを公表する。男性は女性の家に通っていても、いろいろな理由で同居することもあった。途中で相手の女性が嫌いになる、逆に相手の女性がもう来ないでくれ、ということになれば結婚生活は終わる。男性は複数の女性と並行的に関係を持つこともある。

六 『奥の細道』

(一) 作品评鉴

『奥の細道』是江户时代著名的俳谐游记(「俳諧紀行文」),松尾芭蕉著,刊行于公元 1702 年。

俳谐是日本独特的一种短诗型文艺形式,由发句(「発句」)、连句(「連句」)及俳文(「俳文」)等组成。它是从室町时代末期盛行的“俳谐连歌”(区别于“纯正连歌”、相对自由并注重连歌本具诙谐性的连歌)中独立并发展而来,至江户时代,兴起了“贞门”“谈林”“蕉风”等各个流派。“蕉风”的创立者就是松尾芭蕉。

松尾芭蕉(1644—1694)本名忠房,出身于从事农业的下层武士家庭,曾出仕藤堂藩武将之子良忠(俳号蝉吟),并与其一起师从北村季吟,学习“贞门”俳谐。良忠病故后,芭蕉一度赴京都修学,后至江户,最初醉心于“谈林”俳谐,将其角、岚雪、杉風等人纳入门下,成为“谈林”派领军人物。1680 年移居位于深川的芭蕉庵(“芭蕉”之名即源于此),在那里开创了超越“贞门”“谈林”俳风的独具特色的“蕉风”俳谐,确立了自己在俳坛的宗师地位,被誉为“俳圣”。他所开创的以「さび」为代表的幽玄闲寂的“蕉风”俳谐,使本来注重诙谐性、游戏性的俳谐得以进入高雅的艺术殿堂,特别是把其中的「発句」从俳谐中独立出来,称为俳句,开创了一种新的诗歌艺术形式。俳句经过明治时代正冈子规等人的改革,至今依然保持着旺盛的生命力。而俳偕游记即俳偕纪行文(简称“俳文”),也是由芭蕉开创的一种独特的文艺形式。芭蕉用俳偕的手法创造出一种在高雅中洋溢着闲寂和枯淡韵味的清新文体,歌文并茂,文句融通,简洁洒脱,体现出“蕉风”艺术所追求的美感。

芭蕉的人生观正如节选序文的开篇所述,“日月乃百代之过客,行年亦为旅人”——岁月如过客,人生即旅途,而他所仰慕的李白、杜甫、西行、宗祇也均是客死他乡。于是,自 1684 年起,芭蕉开始了漂泊游历的生活,在旅途中感悟人生,实践自我的艺术主张。在这一系列的旅途中,芭蕉陆续完成了『野ざらし紀行』『笈(オイ)の小文(コブミ)』『更科(サラシナ)紀行』等纪行文的创作。1689 年 3 月末,芭蕉卖掉了芭蕉庵,与门人曾良一起又一次踏上漫漫旅途。他们从江户千住出发,经奥州,沿北陆道南下,最后抵达琵琶湖东岸美浓国的大垣,历时五个多月,行程 2400 多公里。著名的『奥の細道』就是以此段“陆奥之旅”为背景创作的纪行文。不过，作品虽以旅行的事实为素材，但并不拘泥于此，而是在事实的基础上加以提炼、润色，赋予文章以更多的情趣。全文由五十句俳句及简洁明快的说明文字组成，文章格调高雅，说明文字与俳句相互映衬，浑然天成，共同构建了一个诗意的世界。『奥の細道』被公认为芭蕉纪行文中最优秀的作品，在日本文学史上也是屈指可数的杰作。

在保持一贯追求的"风雅之诚"的同时，芭蕉在这部作品中思考并提出了"不易流行"的俳谐理论。他认为，"不易"乃万物之永恒、艺术之根本，而"流行"则是指艺术家随着时代的发展而不断创新。在此，芭蕉提出了变与不变的辩证艺术论，他在追求日本文学传统的同时，也在不断探寻文学艺术发展之路。在这一理论指导下，芭蕉在创作实践中提出了对「細み」(纤细的情趣)的追求。到了晚年，芭蕉提出了回归俳谐本来的庶民性的主张，开始提倡「軽み」(在平常性之中以平常的语言实现诗的创造)的创作风格。至此，芭蕉在艺术实践中已经达到了圆熟之境。

芭蕉为后世留下了大量宝贵的文学遗产，这些作品至今仍受到日本人的喜爱与传诵，其独特的文学创作理念和高雅的艺术风格对后世日本文学及文艺的发展具有极为重大的影响。在日本文学史上，芭蕉与同样活跃于元禄时期(1688—1704)的井原西鹤、近松门左卫门一起并称近世文学的三大文豪，各自代表着俳谐、小说、净琉璃领域的最高成就。

(二) 节选

1

序・漂泊の思ひ

原文

月日は百代の過客にして、行き交ふ年もまた旅人なり。舟の上に生涯を浮かべ、馬の口とらへて老いを迎ふる者は、日々旅にして旅を栖とす。古人も多く旅に死せるあり。

予もいづれの年よりか、片雲の風に誘はれて、漂泊の思ひやまず、海浜にさすらへ、去年の秋、江上の破屋に蜘蛛の古巣をはらひて、やや年も暮れ、春立てる霞の空に、白河の関越えんと、そぞろ神の物につきて心を狂はせ、道祖神の招きにあひて取るもの手につかず、股引の破れをつづり、笠の緒付けかへて、三里に灸すゆるより、松島の月まづ心にかかりて、住める方は人に譲り、杉風が別所に移るに、

草の戸も住み替はる代ぞ雛の家

表八句を庵の柱に掛け置く。

解释

本文

月日は百代(はくたい)の過客(くわかく)にして[1]、行(ゆ)き交(か)ふ年もまた旅人なり[2]。

舟の上に生涯(しゃうがい)を浮かべ[3]、馬の口とらへて老いを迎ふる者[4]は、日々旅にして旅を栖(すみか)とす。

古人[5]も多く旅に死せるあり[6]。

予[7]もいづれの年[8]よりか、

片雲(へんうん)の風[9]に誘はれ[10]て、

解説

[1] 月日は百代の過客にして：李白の詩「春夜桃李園に宴するの序」に「夫れ天地は万物の逆旅、光陰は百代の過客なり。」とあるに拠る。「百代」：「はくだい」「ひゃくだい」とも。長い年月。永遠。「にして」：「に」は断定の助動詞「なり」の連用形。「して」は接続助詞。…で。…であって。

[2] 行き交ふ：ハ行四段活用動詞。過ぎ去ってまたやって来る。巡り移る。なり：断定の助動詞「なり」の終止形。

[3] 舟の上に生涯を浮かべ：船頭として一生涯舟の上で過ごす人。「浮かべ」は下二段活用の動詞「浮かぶ」の連用形、ここは中止法。

[4] 馬の口とらへて老いを迎ふる者：馬子として生涯を終わる人。「とらへ」は下二段活用の動詞「とらふ」の連用形。「迎ふる」は下二段活用の動詞「迎ふ」の連体形。

[5] 古人：ここでいう古人とは不特定多数の昔の人ではなく、芭蕉が尊敬していた日本の西行や宗祇、中国の李白や杜甫などのことで、いずれも旅先で客死している。

[6] 死せる：「死せ」はサ変動詞「死す」の未然形または命令形。「る」は完了・存続の助動詞「り」の連体形、ここは準体法なので、「者」「人」などを補って訳出する。「あり」はラ変動詞「あり」の終止形。

[7] 予：自称の代名詞。われ。わたくし。「古人も」の対語。自分も古人のように旅先で死にたいという気持ちを表現する。

[8] いづれの年：いつの年。

[9] 片雲の風：「片雲」はちぎれ雲。この「の」の解釈には二説がある。一つは主格の格助詞、つまり「ちぎれ雲が風に誘われて漂うように旅心を誘わ

れて」。もう一つは、連体格の格助詞、つまり「ちぎれ雲を吹き漂わす風に誘われて」と見なされる。

[10] 誘はれ:「誘は」は四段活用の動詞「誘ふ」の未然形。「れ」は受身の助動詞「る」の連用形。

漂泊(へうはく)の思ひ[11]やまず、海浜(かいひん)にさすらへ[12]、

[11] 漂泊の思ひ:旅の心。さまよい歩きたい気持ち。

[12] 海浜にさすらへ:奥の細道の旅に出かける前年に出かけた、近畿から関西地方への旅のことを指す。このときの紀行文が「笈(おい)の小文(こぶみ)」。「さすらへ」は下二段活用の動詞「さすらふ」の連用形、ここは中止法。さすらふ:放浪する。さまよう。

去年(こぞ)の秋[13]、江上(かうしゃう)の破屋(はをく)[14]に蜘蛛の古巣(ふるす)をはらひて、

[13] 去年の秋:1688 年(貞享 5 年)の8 月に発った、「更級(さらしな)紀行」での旅のこと。

[14] 江上の破屋:江上は水辺や湾を指す言葉だが、ここでは江戸隅田川のほとりのこと。破屋は深川の芭蕉庵のことを指す。

やや[15]年も暮れ、春立てる[16]霞の空に、白河(しらかは)の関(せき)越えん[17]と、

[15] やや:副詞。しだいに。だんだん。ようやく。

[16] 立てる:掛詞。「春立てる(春になる・立春)」と「立てる霞(霞が立ち込める)」の二つの意味に掛けられている。「立て」は四段活用動詞「立つ」の已然形・命令形。「る」は完了・存続の助動詞「り」の連体形。

[17] 白河の関越えん:「白河の関」は歌枕、奥州三関の一つ、陸奥への出入り口に当たる。今の福島県白河市旗宿(はたじゅく)にあった。かつて能因法師や西行法師も訪れた。「越えん」:下二段の動詞「越ゆ」の未然形+意志の助動詞「む」の終止形が音便化したもの。「春立てる…越えん」は能因法師の歌「都をば霞とともに立ちしかど秋風ぞ吹く白河の関」を典拠としたもの。

そぞろ神(がみ)の[18]物につきて[19]心を狂はせ[20]、道祖神(だうそじん)[21]の招きにあひて取るもの手につかず、股引(ももひき)の破れをつづり、笠の緒(を)付けかへて、三里に灸(きう)すゆるより[22]、

松島の月まづ心にかかりて[23]、

住める方は人に譲り[24]、杉風(さんぷう)が別所(べつしょ)[25]に移るに、

草の戸[26]も住み替はる代(よ)ぞ雛(ひな)の家(いへ)[27]

表(おもて)八句(はつく)[28]を庵(いほり)の柱に掛け

[18] そぞろ神:なんとなく人の心を浮き立たせる神。「の」は主格の格助詞。

[19] 物につきて:体(自分)にとりついて。

[20] 狂はせ:「狂は」は四段活用動詞「狂ふ」の未然形。「せ」は使役の助動詞「す」の連用形、ここは中止法。

[21] 道祖神:旅の安全を守る神。

[22] 三里に灸すゆるより:「三里」は灸のつぼの一つ。ひざがしらの下の外側の少しくぼんだ所。ここに灸をすえると万病に効くという。「すゆる」は下二段活用動詞「すゆ」の連体形。「より」は格助詞、…やいなや。

[23] 松島の月まづ心にかかりて:「松島」は歌枕、陸奥(むつ)の国の景勝地、今の宮城県の松島湾一帯。湾内に散在する二百六十余の島々と、松の緑と海との景色が美しい。日本三景の一つ。芭蕉は古くから松島の月にあこがれていた。江戸の月は、松島の月の種を貰ってきて蒔いて育った実生のようなものに過ぎないと詠んだ句「武蔵野の月の若生えや松島種」がある。

[24] 住める方は人に譲り:「住める方」は今まで住んでいた芭蕉庵を指す。「住め」は四段活用動詞「住む」の已然形・命令形。「る」は完了・存続の助動詞「り」の連体形。家を譲ることで旅先で死ぬ覚悟を表している。

[25] 杉風が別所:杉風は芭蕉の門人、芭蕉十哲の一人であった魚商人の杉山元雅の俳号。別所は、深川にあった杉風の別宅採荼庵(さいだあん)のこと。

[26] 草の戸:草庵。ここは深川の芭蕉庵。

[27] 雛の家:雛人形が飾られる華やかな家。「草の戸」の対比。「雛」は「雛人形」に同じ、春を表す季語。

[28] 表八句:連歌・俳諧の百韻で、句を記す懐紙(かいし)

置く。

の、第一枚目の表側に記す八句、すなわち冒頭の八句のこと。「草の戸も…」がその発句。その他の句は現存していない。

译文

原文

月日は百代の過客にして、行き交ふ年もまた旅人なり。舟の上に生涯を浮かべ、馬の口とらへて老いを迎ふる者は、日々旅にして旅を栖とす。古人も多く旅に死せるあり。

予もいづれの年よりか、片雲の風に誘はれて、漂泊の思ひやまず、海浜にさすらへ、去年の秋、江上の破屋に蜘蛛の古巣をはらひて、やや年も暮れ、春立てる霞の空に、白河の関越えんと、そぞろ神の物につきて心を狂はせ、道祖神の招きにあひて取るもの手につかず、股引の破れをつづり、笠の緒付けかへて、三里に灸すゆるより、松島の月まづ心にかかりて、住める方は人に譲り、杉風が別所に移るに、

草の戸も住み替はる代ぞ雛の家

表八句を庵の柱に掛け置く。

現代日本語訳

月日は永遠に(終わることのない旅をする)旅人(のようなもの)であって、過ぎ去ってはまた巡り来る年もまた旅人(のようなもの)である。船頭として船の上で生涯を過ごす人や、馬子として馬のくつわを引いて老いるのを迎える人は、毎日が旅であって旅を自分の住まいとしている。昔の人も多くが旅の途中で亡くなっている。

私もいつの年からであっただろうか、ちぎれ雲が風に誘われて漂うように、さまよい歩きたいという気持ちがおさまらずに、海辺をさすらい歩き、去年の秋に、隅田川のほとりの古びた家に(旅から戻り)蜘蛛の古巣をはらいのけて(住んでいるうちに)、次第に(その)年も暮れ、春になり、霞たなびく空を見ると、白河の関を越えてみようと、なんとなく人の心を誘い動かす神が身に取り憑いて心を狂おしくさせ、(おまけに旅人を守るという)道祖神が(旅へ)招いているような気がして取るものも手につかず、股引の破れを繕い、笠の緒を付け替えて、三里に灸を据えるとすぐに、松島の月がまず気にかかって、住んでいた家は人に譲り、杉風の別荘にうつるにあたって、

(世捨て人のような自分が住んでいた)わびしい草庵も、主が替わる時期が来た。折しも雛祭りで、娘を持つ新しい主人を迎えて華やぐ旧居をあとに、はるかな旅に立つことである。

(と詠んで、この句を発句とする)表八句を草庵の柱に掛けておく。

2

旅たち

原文

弥生も末の七日、あけぼのの空朧々として、月は有明にて光をさまれるものから、富士の峰かすかに見えて、上野・谷中の花の梢、またいつかはと心細し。むつまじきかぎりは宵よりつどひて、舟に乗りて送る。千住といふ所にて、舟を上がれば、前途三千里の思ひ胸にふさがりて、幻のちまたに離別の涙をそそぐ。

行く春や鳥啼き魚の目は涙

これを矢立の初めとして、行く道なほ進まず。人々は途中に立ち並びて、後ろ影の見ゆるまではと見送るなるべし。

解释

本文

弥生(やよひ)[1]も末(すゑ)の七日(なぬか)[2]、あけぼのの空朧々(ろうろう)と[3]して、月は有明(ありあけ)[4]にて光をさまれる[5]ものから[6]、富士の峰かすかに見えて[7]、上野(うへの)・谷中(やなか)[8]の花の梢(こずゑ)またいつかはと心細し[9]。

解説

[1] 弥生:陰暦三月。春の最後の月。

[2] 末の七日:二十七日。一ヶ月を初・中・末と分けた下の七日のこと。

[3] 朧々と:タリ活用の形容動詞「朧々たり」の連用形。おぼろにかすむさま。うす明るいさま。

[4] 有明:陰暦十六夜以後、月がまだ空に残っていながら夜が明けようとする頃。また、その頃の月。

[5] をさまれる:弱くなっている。四段活用動詞「をさまる」の已然形・命令形+完了・存続の助動詞「り」の連体形。

[6] ものから:接続助詞。①…ので。…だから。②…のに。…けれども。…ものの。

[7] 月は有明にて光をさまれるものから、富士の峰かすかに見えて:『源氏物語・帚木』の「月は有り明けにて、光をさまれるものから、影さやかに見えて」を典拠としている。

[8] 上野・谷中:今の東京都台東区の上野と谷中、ともに桜の名所。

[9] またいつかはと心細し:西行の歌「かしこまる四手に涙のかかるかなまたいつかはと思ふ心

むつまじきかぎり[10]は宵(よひ)よりつどひて舟に乗りて送る[11]。千住(せんぢゅ)[12]といふ所にて舟を上がれば、前途三千里[13]の思ひ胸にふさがりて、幻のちまた[14]に離別の涙をそそぐ。

行く春や[15]鳥啼き魚(うを)の目は涙[16]

これを矢立(やたて)の初め[17]として行く道なほ[18]進まず。人々は途中に立ち並びて、後ろ影の見ゆるまでは[19]と見送るなるべし[20]。

に」をふまえたもの。

[10] むつまじきかぎり：親しい人々はみな。「むつまじき」はシク活用の形容詞「むつまじ」の連体形。「かぎり」：全部。すべて。

[11] 舟に乗りて送る：この当時の風習では、長旅に出る人の送別は、一駅先の宿駅まで同行すること、また、別れるときには後ろ姿が見えなくなるまで見送ること、その際送られるものは後ろを振り返ってはいけないとされた。

[12] 千住：東京都足立区南部から荒川区東部にかけての地。江戸時代、奥州街道の宿場町。

[13] 前途三千里：これからの遠い旅路。「三千里」は漢詩によく用いられる語、はるかに遠いことを表す。

[14] 幻のちまた：幻のようにはかないこの世の分かれ道。「ちまた」は「この世」と「分かれ道」という二つの意味を掛けた表現。

[15] 行く春や：「行く春」は「晩春」を表す季語。「や」は詠嘆を表す間投助詞。

[16] 行く春や鳥啼き魚の目は涙：杜甫の「春望」、陶淵明の「帰園田居」を踏まえたもの。

[17] 矢立の初め：矢立ての使い始め。「矢立」は携帯用の筆記用具。墨壺(すみつぼ)に筆を収納する筒の付いたもの。ここはそれを使う旅行記の書き初めを意味する。

[18] なほ：やはり。

[19] 見ゆるまでは：あとに「見送らん」などが省略されている。「見ゆる」は下二段の動詞「見ゆ」の連体形。

[20] なるべし：であろう。断定の助動詞「なり」の連体形＋推量の助動詞「べし」の終止形。

译文

原文

弥生も末の七日、あけぼのの空朧々として、月は有明にて光をさまれるものから、富士の峰かすかに見えて、上野・谷中の花の梢またいつかはと心細し。むつまじきかぎりは宵よりつどひて舟に乗りて送る。千住といふ所にて舟を上がれば、前途三千里の思ひ胸にふさがりて、幻のちまたに離別の涙をそそぐ。

行く春や鳥啼き魚の目は涙

これを矢立の初めとして行く道なほ進まず。人々は途中に立ち並びて、後ろ影の見ゆるまではと見送るなるべし。

現代日本語訳

三月も末の二十七日、夜明けの空はおぼろにかすみ、月は有明けの月で光はもう薄れてはいるものの、富士の峰がかすかに見えて、上野や谷中の桜の梢も、またいつ見られるだろうかと(思うと)心細い。親しい人たちは皆前夜から集まって、(今朝は一緒に)舟に乗って見送ってくれる。千住というところで舟から上がると、これからの遠い旅路への思いで胸がいっぱいになり、幻のようにはかないこの世の分かれ道に離別の涙を流す。

春がまさに暮れて行こうとしている。惜春の情ゆえか、鳥の声も愁いに満ち、魚の目も涙にうるんでいるように思われる。そんな折、自分も親しい人々と別れ、離別の悲しみをこらえて漂泊の旅に出ようとしている。

これを旅日記の書き始めとして(出発したが、名残り惜しさに)行く道はやはり(足が)進まない。(私たちを見送ってくれている)人たちは途中に立ち並んで、(私たちの)後姿が見えるまではと見送ってくれるのであろう。

(三)重点语法

1. 係り結び・結びの流れ・結びの省略

文章中に出ている例:

①「予もいづれの年よりか、片雲の風に誘はれて、漂泊の思ひやまず」

ここの係助詞の「か」には、主に二つの説がある。一つは結びの流れ(消滅)、つまり、「漂泊の思ひやまず」の中止法によって結びが消滅している。もう一つは、結びの省略、つまり、「かくありけむ」などが省略されているという。

②「上野・谷中の花の梢またいつかはと心細し。」

これは結びの省略、係助詞の「かは」の後には「見ん」などが省略されている。

2. 接続助詞「ものから」

接続助詞「ものから」は、順接と逆接と両方の意味がある。

(1) 順接の確定条件を表す。…ので。…だから。

(2) 逆接の確定条件を表す。…のに。…けれども。…ものの。

文章中に出ている例：

①「月は有明にて光をさまれるものから、富士の峰かすかに見えて」

この「ものから」は「月は有明けの月で光はもう薄れているので、富士の峰がかすかに見えて」と順接の意を表すととれるが、「月は有明けの月で光はもう薄れてはいるものの、富士の峰がかすかに見えて」と逆接の意に解することもできる。前者は、「光が弱くなっているので、富士の峰がただかすかに見える」というのに対して、後者は「光が弱くなっているものの、富士の峰がやはりかすかに見える」という意を表す。

3. 対句表現

『奥の細道』の序文には、整然とした対句表現が多用されている。例えば、

①「月日は百代の過客にして、行き交ふ年もまた旅人なり。」

②「舟の上に生涯を浮かべ、馬の口とらへて老いを迎ふる」

③「そぞろ神の物につきて心を狂はせ、道祖神の招きにあひて取るもの手につかず」

④「股引の破れをつづり、笠の緒付けかへて」

といったように、対句表現によって、文章に流麗な調子が生まれ、均整のとれた美しさが流れてくる。そして、内容的にも深まり、簡潔で格調高い文体となっている。

4. 古典作品を踏まえた表現

文章中には古典作品をふまえた表現が随所に見られるが、読者はそれを読みながら古典の確立されたイメージを重ね合わせ、より複雑で重層的な趣や余韻を味わうことができる。

①「月日は百代の過客にして、行き交ふ年もまた旅人なり。」

李白の詩「春夜桃李園に宴するの序」に「夫れ天地は万物の逆旅、光陰は百代の過客なり。」とあるに拠る。

②「春立てる霞の空に、白河の関越えんと」

能因法師の歌「都をば霞とともに立ちしかど秋風ぞ吹く白河の関」(都を、霞の立つ春の季節に旅立ったのだが、来てみるとすでに秋風が吹いているよ、この白河の関には。)を典拠としている。

③「月は有明にて光をさまれるものから」

『源氏物語・帚木』の「月は有り明けにて、光をさまれるものから、影さやかに見えて」(月は有り明けの月で、光は弱くなっているとはいうものの、月の形ははっきりと見えて)

を典拠としている。

④「行く春や鳥啼き魚の目は涙」

杜甫の「春望」(時に感じて花にも涙を濺ぎ、別れを恨んで鳥にも心を驚かす)、陶淵明の「帰園田居」(羈鳥は旧林を恋い、池魚は故淵を思う)を踏まえている。

⑤「またいつかはと心細し」

西行の歌「かしこまる四手に涙のかかるかなまたいつかはと思ふ心に」(畏まり謹んで奉る幣に涙がかかるよ四国行脚へ出かける自分はいつ又お参り出来ることか、ひょっとしたら出来ないのではないかと思うと)をふまえたもの。

(四) 古文常识

1. 俳文

俳文とは、主として俳人によって書かれた俳諧的な味わいのある文章である。簡潔な表現で、省略や飛躍を伴うが、詩的で含蓄に富み、世俗を超越した風流な気分を表すものが多い。多くは短文で、文章に俳句が挿入されることもある。論理より感覚を重んじるが、和漢の故事を引用し、機知的な比喩を多用し、また滑稽味を強く出すこともある。俳文は江戸中期から起こり、松尾芭蕉の「奥の細道」、横井也有の「鶉衣(ウズラゴロモ)」、小林一茶の「おらが春」などが有名。中には、風雅の趣を主とする芭蕉の行き方と、飄逸滑稽の趣を主とする也有の行き方の二つの流れがあった。

2. 発句・俳句

発句(ホック)とは、連歌・俳諧の第一句目の五・七・五の十七音節の句のこと。脇(ワキ)(第二句)以下の句に対して、発句は一句としての完結性が特に必要とされ、そこから「切れ字」や「季語」を用いることが定められた。このように、独立句となり得る発句は、室町中期の連歌から単独にも詠まれるようになり、この傾向は俳諧に至ってますます強まり、発句集が編まれることともなった。明治に入ると、発句は「俳句」の名を与えられ、独立した文芸形式となった。

注:

(1) 切れ字:連歌・俳諧の発句、また俳句などで、一句の途中や末尾に置いて、言い切る働きをする語。「や」「か」「ぞ」「かな」「けり」「ず」「らん」など、助詞・助動詞の類が多い。

(2) 季語:俳句・連歌などで、季節感を表現するためによみこむように、特に定められたことば。

文章中に出ている俳句:

①「草の戸も住み替はる代ぞ雛の家」

季語:「雛」(春)

切れ字:「ぞ」

体言止め:「家」

今まで住んでいた庵を人に譲るにあたり、主が変われば庵も変わるだろうという感慨を詠でいる。「草の戸も」の「も」には、世の中も流転し、庵の主も変わるのだという感慨が込められている。

②「行く春や鳥啼き魚の目は涙」

季語:「行く春」(春)

切れ字:「や」

体言止め:「涙」

千住での、見送りの人々に残す別れの句である。惜春の哀情と離別の悲愁を重ね合わせ、それを無心な鳥や魚の悲しみとしてとらえた点がすぐれ、心動かす佳吟となっている。

3. 蕉風

芭蕉によって主導された蕉門の俳風をいう。芭蕉以前の俳諧は、ことばのうえの洒落やおかしみを主とした貞門(テイモン)風や、素材・表現の奇抜さに知的な興味を示した談林(ダンリン)風のように、遊戯的な傾向が強かったが、芭蕉によってその文芸としての質が一変し、真に芸術的意義を確立するに至った。

蕉風の特色は、発句に言外の余情(しをり)を説き、連句に余韻(ニホヒ)の映発による高次の付合(ツケアイ)を案出したことにある。具体的には、表現におけるイメージの形象性を重視した描写型の表現を確立し、そのイメージとイメージの映発のうちに生ずる微妙な情調を「さび」と称して尊重し、また、そうした「景」と「情」の融合した表現を導くものとして、主(作者)と客(対象)との一体化による「まこと」の精神が提唱された。晩年の「軽み」は、これをいっそう徹底したものといえる。

七 『徒然草』

(一) 作品评鉴

《徒然草》是镰仓时代后期的随笔集，大约成书于公元1330—1331年，与《枕草子》并称日本随笔文学的双璧，也是日本文学史上的三大随笔之一。

作者吉田兼好(1283左右—1350左右)是镰仓时代末期至南北朝时代初期的和歌诗人、随笔作家，本名卜部兼好，出生于吉田神社的神官之家，故也被后世称为吉田兼好，又因其出家的经历而被称为兼好法师。兼好起初曾任崛川家的家司，并借此机会得以出仕后二条天皇，官至左兵卫佐。天皇驾崩后，于30岁左右出家，具体原因不详。从作者的文字中可以看出，其出家之后的生活主要是在修学院和比叡山闭关修行佛道，同时专心研究和歌。兼好在和歌方面造诣甚高，师从二条为世，是为世门下具有代表性的草庵诗人，为"和歌四天王"之一。

《徒然草》全文由序章和长短不一的243段思考性的随想和见闻组成，以一种兴之所至的笔触对诸多引发作者兴致的自然、人事、社会、典章制度等加以记述和评论。序章是对这篇随笔的主旨及内容的简要叙述，后文的各段落之间彼此独立，主题及内容极为庞杂多样。作品在内容上包含了评论性文章、故事性段落和碎片化的知识等，其中既有对传闻的记述，也有对现时的感慨以及对过去的回想等等。在主题上，既有否定现世、劝人出家的佛教思想，也有对人们性格、心理、行为方式的速写及评论，乃至有关兴趣、教养及为人处世方式等各方面的评论。作品在思想上表现出强烈的尚古态度以及具有王朝及都市倾向的价值观，既有对当时社会风习的批判，也有对新时代武士、商人阶层的关注以及对地方人士、专长于某一领域人士智慧的赞赏。而中世具有普遍意义的无常观构成了贯穿作品始终的主线，由此引发的感慨在文章中随处可见。作品中并没有专门探究有关学问、思想的话题，而更多的是原原本本地表现出根植于生活细节的实际感受。其中不乏主观臆断和偏见的直接表达，这使得作品的文风个性鲜明，然而无论是赞同还是反对，这种阅读体验本身对人们来说都是一种有益于开拓思路的思维活动，故而在江户时代之后，这部囊括了诸多大众关心话题的作品开始迅速拥有了大量读者。

如上所述，作品无论是在形式还是内容、主题还是思想上都表现出庞杂多样、变化万端的特点，然而文章通篇并不显杂乱，反而因体裁丰富而显得妙趣横生。文章在架构上参考了平安时代的《枕草子》，许多段落中都可以看到模仿的影子，但其眼界之广阔、论证之灵活则在《枕草子》之上。作品中随处体现出作者深刻而敏锐的洞察力和开阔、灵活的思考能力，从而使作品做到了"形散而神不散"，实现了个性上的统一。另一方面，作者在和汉典籍方面的深厚修养也发挥了很大作用。在作品中的许多地方，都可以看到儒佛典籍、各类汉诗文以及日本本国的诗歌、物语、日记、文学论等诸多古典作品的启发和影响。作品采用了均整的拟古文体，在严谨的行文之中蕴含着深沉的情趣和内省，是中世隐者文学和随笔文学的代表之作，至今仍然受到众多读者的喜爱。

（二）节选

1

序段

原文

つれづれなるままに、日くらし、硯にむかひて、心に移りゆくよしなし事を、そこはかとなく書きつくれば、あやしうこそものぐるほしけれ。

解释

本文

つれづれなる[1]ままに、日くらし[2]、硯(すずり)にむかひて、心に移りゆくよしなし事(ごと)[3]を、そこはかとなく[4]書きつくれば、あやしう[5]こそものぐるほしけれ[6]。

解説

[1] つれづれなる：ナリ活用の形容動詞「つれづれなり」の連体形。することもなく手持ちぶさただ。所在ない。

[2] 日くらし：副詞。朝から晩まで。一日じゅう。「ひぐらし」とも。

[3] よしなしごと：つまらないこと。たわいもないこと。

[4] そこはかとなく：「そこはかとなし」の連用形。とりとめもなく。何ということもなく。語中の「は」は「ワ」と発音されるのが普通だが、この語は例外で、「ソコハカ」と発音する。

[5] あやしう：シク活用の形容詞「あやし」の連用形「あやしく」のウ音便。ここの「あやし」は「不思議だ」という意味。

[6] ものぐるほしけれ：シク活用の形容詞「ものぐ

るほし」の已然形。狂おしい気持ちだ。正気を失ったようだ。係助詞「こそ」を受けて已然形となっている。係り結び。

译文

原文

つれづれなるままに、日くらし、硯にむかひて、心に移りゆくよしなし事を、そこはかとなく書きつくれば、あやしうこそものぐるほしけれ。

現代日本語訳

することもなく手持ちぶさたなのにまかせて、一日中、硯に向かって、心の中に浮かんでは消えていくたわいもないことを、とりとめもなく書き綴っていると、不思議なくらい(それに引き込まれて)狂おしい気持ちになるものだ。

2

いでや、この世に生まれては(第1段)

原文

いでや、この世に生まれては、願はしかるべきことこそ多かめれ。

帝の御位はいともかしこし。竹の園生の末葉まで、人間の種ならぬぞやむごとなき。一の人の御ありさまはさらなり、ただ人も、舎人など賜はる際はゆゆしと見ゆ。その子・孫までは、はふれにたれど、なほなまめかし。それより下つ方は、ほどにつけつつ、時にあひ、したり顔なるも、みづからはいみじと思ふらめど、いと口惜し。

法師ばかりうらやましからぬものはあらじ。「人には木の端のやうに思はるるよ。」と、清少納言が書けるも、げにさることぞかし。勢ひ猛に、ののしりたるにつけて、いみじとは見えず。増賀聖の言ひけむやうに、名聞苦るしく、仏の御教へに違ふらむとぞおぼゆる。ひたぶるの世捨て人は、なかなかあらまほしき方もありなむ。

人は、かたちありさまのすぐれたらむこそ、あらまほしかるべけれ。ものうち言ひたる、聞きにくからず、愛敬ありて、言葉多からぬこそ、飽かずむかはまほしけれ。めでたしと見る人の、心劣りせらるる本性見えむこそ、口惜しかるべけれ。品・かたちこそ生れつきたらめ、心はなどか、賢きより賢きにも移さば移らざらむ。かたち・心ざまよき人も、才なくなりぬれば、品くだり、顔憎さげなる人にも立ちまじりて、かけず、けおさるるこそ、本意なきわざなれ。

ありたきことは、まことしき文の道、作文、和歌、管絃の道、また有職に公事の方、人の鏡ならむこそいみじかるべけれ。手など拙からず走り書き、声をかしくて拍子とり、いたましうするものから、下戸ならぬこそ、男はよけれ。

解释

本文

いでや[1]、この世に生まれては[2]、願（ねが）はしかる[3]べきことこそ多かめれ[4]。

帝（みかど）の御位（みくらい）はいともかしこし[5]。竹の園生（そのふ）の末葉（すゑば）[6]まで、人間の種ならぬ[7]ぞやむごとなき[8]。

一（いち）の人（ひと）[9]の御（み）ありさまはさらなり[10]、ただ人（うと）[11]も、舎人（とねり）[12]など賜（たま）はる[13]際（きは）[14]はゆゆしと見ゆ[15]。

解説

[1] いでや：感動詞。「いで」を強めていう語。いやもう。さあ。さて。

[2] ては：連語。順接の確定条件を表す。…ので。…たからには。

[3] 願はしかる：シク活用の形容詞「願はし」の連体形。そうあってほしい。望ましい。

[4] 多かめれ：ク活用の形容詞「多し」の連体形「多かる」＋推定の助動詞「めり」の已然形。「多かめれ」は「多かるめれ」の撥音便無表記、読むときは「多かんめれ」と読む。「めれ」は係助詞「こそ」の結びとなっている。

[5] いともかしこし：「いとも」は副詞、「非常に」の意。「かしこし」はク活用の形容詞の終止形、神・帝・自然など、一般の人の力が及ばない権威や権力に対して敬い、恐れ慎む気持ちを表す。もったいない。恐れ多い。尊い。

[6] 竹の園生の末葉：皇族の子孫。前漢の文帝の皇子梁の孝王の庭園を人々が竹園と呼んだことから、「竹の園生」を皇族の雅称とする。「末葉」は子孫、末裔。

[7] ならぬ：断定の助動詞「なり」の未然形「なら」＋打消しの助動詞「ず」の連体形「ぬ」。

[8] やむごとなき：高貴な。尊ぶべき。ク活用の形容詞「やむごとなし」の連体形。係助詞「ぞ」の結びとなっている。

[9] いちのひと：摂政・関白、また太政大臣の異称。「一の所」とも。

[10] さらなり：ナリ活用の形容動詞「さらなり」の連用形、ここは連用形中止法。「さらなり」は「言うまでもない」「もちろんだ」の意味。

[11] ただうど：「ただびと」のウ音便。普通の人。

その子・孫(うまご)までは、はふれにたれど[16]、なほなまめかし[17]。それより下(しも)つ方(かた)[18]は、ほど[19]につけつつ[20]、時にあひ、したり顔(がほ)なる[21]も、みづからはいみじ[22]と思ふらめど[23]、いと口惜(くちを)し[24]。

法師(ほふし)ばかり[25]うらやましからぬものはあらじ[26]。

凡人。

[12] 舎人:律令制下で、皇族や貴族に仕え、護衛・雑用に従事した下級官吏。主に貴族・官人の子弟から選任された。

[13] 賜はる:「受く」「もらふ」の謙譲語。いただく。ちょうだいする。

[14] 際:身分。家柄。

[15] ゆゆしと見ゆ:「ゆゆし」はシク活用形容詞の終止形。すばらしい。りっぱだ。「見ゆ」は下二段活用動詞の終止形。思われる。考えられる。

[16] はふれにたれど:「はふれ」は下二段活用の動詞「はふる」の連用形。「落ちぶれる」の意味。「に」は完了・強意の助動詞「ぬ」の連用形。「たれ」は完了の助動詞「たり」の已然形。「ど」は逆接の意を表す接続助詞。

[17] なほなまめかし:「なほ」は副詞、「やはり」の意。「なまめかし」はシク活用の形容詞の終止形。「上品である、優雅である」の意味。

[18] 下つ方:身分の低い者。「つ」は上代の格助詞、体言や形容詞の語幹に付いて連体修飾語を作る。…の。…にある。

[19] ほど:身分。地位。家柄。

[20] つつ:接続助詞。単純な接続を表す。…て。

[21] したり顔なる:ナリ活用の形容動詞「したり顔なり」の連体形。したり顔なり:得意顔だ。うまくやったという得意そうな顔付き。

[22] いみじ:シク活用の形容詞の終止形。よい。すばらしい。

[23] 思ふらめど:四段活用動詞「思ふ」の終止形+現在推量の助動詞「らむ」の已然形+逆接の接続助詞「ど」。思っているようだが。

[24] 口惜し:シク活用の形容詞。感心しない。

[25] ばかり:副助詞。ほど。

[26] あらじ:「あら」はラ行変格活用動詞「あり」の

未然形。「じ」は打消しの推量を表す助動詞の終止形。ないだろう。

「人には木の端(はし)[27]のやうに思はるる[28]よ。」[29]

[27] 木の端:木のきれはし。転じて、人の捨てて顧みないつまらぬ物、また非情のもの。主として僧侶などの身をたとえていう。

[28] 思はるる:四段活用動詞「思ふ」の未然形＋受け身の助動詞「る」の連体形。

[29]『枕草子』第4段に「思はん子を法師になしたらむこそは、いと心苦しけれ。…ただ木の端などのやうに思ひたるこそ、いといとほしけれ」(いとしく思うような子を法師にしたとしたら、それは気の毒である。…まるで木のきれはしなどのように思っているのは、たいへんかわいそうなことだ。)とある。

と、清少納言が書ける[30]も、げに[31]さること[32]ぞかし[33]。

[30] 書ける:四段活用動詞「書く」の已然形・命令形＋完了・存続の助動詞「り」の連体形。書いている。

[31] げに:副詞。なるほど。いかにも。本当に。

[32] さること:当然のこと。もっともなこと。いうまでもないこと。

[33] ぞかし:(係助詞「ぞ」＋終助詞「かし」)文末に用いられ、強く判断したものにさらに念を押す意を添える。…なのだよ。…ことだよ。

勢(いきほ)ひ猛(まう)[34]に、ののしりたる[35]につけて、いみじとは見えず[36]。

[34] 勢ひ猛:勢いが強いこと。転じて、富み栄える意にも用いる。

[35] ののしりたる:「ののしり」は四段活用動詞「ののしる」の連用形。「たる」は完了・存続の助動詞「たり」の連体形。評判になる。

[36] いみじとは見えず:素晴らしいとは思えない。「見え」は下二段活用の動詞「見ゆ」の未然形。思われる。思える。「ず」は打消しの助動詞の終止形。

増賀聖(ぞうがひじり)[37]の言ひけむ[38]やうに、名聞(みゃうもん)苦(ぐる)しく[39]、仏(ほとけ)の御教(みをし)へに

[37] 増賀聖:平安中期の天台宗の僧。名声を嫌い狂気を装って963年多武峰にはいり、約40年間

違（たが）ふらむ[40]とぞおぼゆる[41]。ひたぶるの[42]世捨（よす）て人（びと）は、なかなか[43]あらまほしき方[44]もありなむ[45]。

人は、かたちありさまのすぐれたらむ[46]こそ、あらまほしかるべけれ[47]。ものうち言ひたる[48]、聞きにくからず[49]、愛敬（あいぎゃう）ありて、言葉多からぬこそ、飽かずむかはまほしけれ[50]。

住した。後世、遁世者の理想像として慕われた。

[38] けむ：過去推量の助動詞「けむ」の連体形。

[39] 名聞苦るしく：シク活用の形容詞「名聞苦るし」の連用形。名声・名誉を求めるのは（その身にとって）心苦しく。

[40] 違ふらむ：四段活用動詞「違ふ」の終止形＋現在推量の助動詞「らむ」の終止形。背いているだろう。

[41] おぼゆる：下二段活用の動詞「おぼゆ」の連体形。係助詞「ぞ」の結びとなっている。思われる。感じられる。

[42] ひたぶるの：ひたすらな。いちずな。

[43] なかなか：副詞。かえって。むしろ。なまじっか。

[44] あらまほしき方：「あらまほしき」はシク活用の形容詞「あらまほし」の連体形。望ましい。理想的な。「方」は「方面」「それに関する点」の意。

[45] なむ：完了（確述）の助動詞「ぬ」の未然形＋推量の助動詞「む」。強い推量を表す。きっと…するだろう。確かに…だろう。

[46] たらむ：完了・存続の助動詞「たり」の未然形＋推量の助動詞「む」の連体形。…ているような。

[47] あらまほしかるべけれ：シク活用の形容詞「あらまほし」の連体形＋推量の助動詞「べし」の已然形。係助詞「こそ」の結びとなっている。この「べし」は確信をもって推量する意を表す。…にちがいない。きっと…だろう。（当然）…しそうだ。

[48] うち言ひたる：四段活用動詞「うち言ふ」の連用形＋完了の助動詞「たり」の連体形。ちょっと口に出す。なにげなく言う。

[49] 聞きにくからず：ク活用の形容詞「聞きにくし」の未然形＋打消しの助動詞「ず」の連用形。聞

めでたしと見る[51]人の、心劣(こころおと)りせらるる[52]本性(ほんしゃう)見えむ[53]こそ、口惜(くちを)しかるべけれ[54]。

品(しな)・かたち[55]こそ生れつきたらめ[56]、心はなどか[57]、賢(かしこ)きより賢きにも移さば移らざらむ[58]。かたち・心ざまよき人も、才なくなりぬれば[59]、品くだり、顔憎さげなる[60]人にも立ちまじりて、かけず[61]、けおさるる[62]こそ、本意(ほい)なきわざなれ[63]。

き苦しくなく。

[50] むかはまほしけれ:四段活用動詞「むかふ」の未然形+希望を表す助動詞「まほし」の已然形。係助詞「こそ」の結びとなっている。対座していたい。

[51] めでたしと見る:すばらしいと思う。「めでたし」はク活用の形容詞の終止形。すばらしい。見事だ。りっぱだ。「見る」は上一段活用動詞「見る」の連体形。見て思う。見て判断する。理解する。

[52] 心劣りせらるる:「心劣りせ」はサ行変格活用動詞「心劣りす」の未然形。予想外に劣っていると感じられる。幻滅する。「らるる」は自発・受身を表す助動詞「らる」の連体形。

[53] 見えむ:「見え」は下二段活用の動詞「見ゆ」の未然形。見える。「む」は推量の助動詞の連体形、体言や助詞の上に用いて、仮定・婉曲を表す。…としたら、その…。…のような。

[54] 口惜しかるべけれ:「口惜しかる」はシク活用の形容詞「口惜し」の連体形。残念だ。「べけれ」は推量の助動詞「べし」の已然形。係助詞「こそ」の結びとなっている。

[55] 品・かたち:「品」は身分、家柄。「かたち」は容貌。

[56] たらめ:「たら」は断定の助動詞「たり」の未然形。「め」は推量の助動詞「む」の已然形、係助詞「こそ」の結びとなっているが、ここは逆接を表す。だろうが。

[57] などか:副詞。下に打消の語を伴って反語の意を表す。どうして…か、いや、そうではない。

[58] ざらむ:「ざら」は打消しの助動詞「ず」の未然形。「む」は推量の助動詞の終止形。

[59] ぬれば:…てしまうと。「ぬれ」は完了の助動詞「ぬ」の已然形。「ば」は順接の確定条件を表す

ありたき[64]ことは、まことしき[65]文(ふみ)の道(みち)、作文(さくもん)、和歌、管絃(くゎんげん)の道、また有職(いうそく)に公事(くじ)の方(かた)[66]、人の鏡ならむ[67]こそいみじかるべけれ[68]。

手[69]など拙(つたな)からず走(はし)り書(が)き、声をかしく[70]て拍子(はうし)とり、いたましう[71]するものから[72]、下戸(げこ)ならぬ[73]こそ、男(をのこ)はよけれ[74]。

接続助詞。

[60] 憎さげなる：ナリ活用の形容動詞「憎さげなり」の連体形。不快に思われる。いかにも醜い。

[61] かけず：副詞。わけもなく。簡単に。

[62] けおさるる：下二段活用の動詞「けおさる」の連体形。圧倒される。

[63] 本意なきわざなれ：「本意なき」はク活用の形容詞「本意なし」の連体形。不本意だ。残念だ。「わざ」はこと。「なれ」は断定の助動詞「なり」の已然形。係助詞「こそ」の結びとなっている。

[64] たき：希望を表す助動詞「たし」の連体形。…たい。

[65] まことしき：シク活用の形容詞「まことし」の連体形。正統である。正式である。

[66] 文の道、作文、和歌、管絃の道、また有職に公事の方：文末の「古文常識」を参照のこと。

[67] 人の鏡ならむ：「人の鏡」は人の模範。「なら」は断定の助動詞「なり」の未然形。「む」は推量の助動詞「む」の連体形、体言や助詞の上に用いて、仮定・婉曲を表す。…としたら、その…。…のような。

[68] いみじかるべけれ：すばらしいことだろう。「べけれ」は係助詞「こそ」の結びとなっている。

[69] 手：筆跡。文字。

[70] をかしく：シク活用の形容詞「をかし」の連用形。をかし：すぐれている。見事だ。すばらしい。

[71] いたましう：シク活用の形容詞「いたまし」の連用形のウ音便。いたまし：つらい。苦しい。悩ましい。

[72] ものから：逆接の確定条件を表す接続助詞。…のに。…けれども。…ものの。

[73] 下戸ならぬ：「下戸」は酒の飲めない人のこと。「なら」は断定の助動詞「なり」の未然形。「ぬ」

は打消しの助動詞「ず」の連体形。

[74] よけれ:ク活用の形容詞「よし」の已然形、係助詞「こそ」の結びとなっている。

译文

原文

いでや、この世に生まれては、願はしかるべきことこそ多かめれ。

帝の御位はいともかしこし。竹の園生の末葉まで、人間の種ならぬぞやむごとなき。一の人の御ありさまはさらなり、ただ人も、舎人など賜はる際はゆゆしと見ゆ。その子・孫までは、はふれにたれど、なほなまめかし。それより下つ方は、ほどにつけつつ、時にあひ、したり顔なるも、みづからはいみじと思ふらめど、いと口惜し。

法師ばかりうらやましからぬものはあらじ。「人には木の端のやうに思はるるよ。」と、清少納言が書けるも、げにさることぞかし。勢ひ猛に、ののしりたるにつけて、いみじとは見えず。増賀聖の言ひけむやうに、名聞苦るしく、仏の御教へに違ふらむとぞおぼゆる。ひたぶるの世捨て人は、なかなかあらまほしき方もありなむ。

人は、かたちありさまのすぐれたらむこそ、あらまほしかるべけれ。ものうち言ひたる、聞きにくからず、愛敬ありて、言葉多からぬこそ、

現代日本語訳

さて、この世に生まれたからには、そうあってほしいと望むはずのことが多いようである。

帝の御位はことのほか恐れ多い。皇室のご子孫の末裔まで、人界に住む人の血統でないことが尊いである。摂政・関白の御有様は(立派であることは)いうまでもなく、(摂政・関白以外の)普通の貴族も、(天皇や皇族に近く仕える)随身(ズイシン)をいただく身分(の人)は、すばらしいと思われる。その子や孫までは、おちぶれてしまっていても、やはり優美である。それよりも身分の低い人々は、身分に応じて、時勢に合って栄え、得意顔であるけれども、自分自身ではすばらしいと思っているようだが、(はたから見ると)まったく感心しない。

僧ほどうらやましくないものはないだろう。「人には木のきれはしのようにおもわれるよ。」と清少納言が書いているのも、なるほどもっともなことであるよ。(僧の位が高くなり)威勢が盛んで、評判が高いのにつけても、偉いとは見えない。(そうした僧は)増賀聖が言ったとかいうように、世間的な名声に(執着して、そのために)身を苦しめ、仏の御教えに背いているであろうと思われる。(そのような僧に対して)いちずな世捨て人(世の中をみすてて僧や隠者になった人)は、かえって理想的な点もきっとあるだろう。

人は容貌や姿のすぐれているようなのが、望ましいことであるにちがいない。ものをちょっと言ったのが、聞き苦しくなく、かわいらしい魅力があって、言葉が多くない人には、(会っても)満足

飽かずむかはまほしけれ。めでたしと見る人の、心劣りせらるる本性見えむこそ、口惜しかるべけれ。品・かたちこそ生れつきたらめ、心はなどか、賢きより賢きにも移さば移らざらむ。かたち・心ざまよき人も、才なくなりぬれば、品くだり、顔憎さげなる人にも立ちまじりて、かけず、けおさるるこそ、本意なきわざなれ。

することなく、(ずっと)向かい合っていたい。りっぱだと思っていた人が、予想外に見劣りされる本来の性質をあらわすようなことは、何ともくやしいことだ。家柄や容貌は生まれつき(でどうにもならないもの)であろうが、精神は、賢いのをよりいっそう賢くさせようとするならば、どうして賢くならないことがあろうか。(いや、精神は生まれてから後でも賢いものにできる。)顔かたちや気だてのすぐれた人でも、学識がないということになってしまうと、身分が劣っていて、顔付きが醜いような人の間にも入り交じって、わけもなく圧倒されるのは、残念なことである。

ありたきことは、まことしき文の道、作文、和歌、管絃の道、また有職に公事の方、人の鏡ならむこそいみじかるべけれ。手など拙からず走り書き、声をかしくて拍子とり、いたましうするものから、下戸ならぬこそ、男はよけれ。

(人として)身につけておきたいことは、本格的な学問の道、漢詩をつくること、和歌を詠むこと、管弦の道、また有職(朝廷や武家の儀式・法律・服飾・慣例などに関する知識)や公事(宮中の儀式や行事)の方面のことで、人の模範であるようなのがすばらしいことであろう。文字など上手にすらすらと書き、(酒宴の座では)声がよくて笏拍子(シャクビョウシ)をとり、(酒をすすめられると)こまったようにしながらも、酒が飲めないというのではないのが、男としてはよいものだ。

(三) 重点语法

1. 係り結び・「…こそ…已然形、」の場合

文章中に出ている係り結びの例:

①「あやしうこそものぐるほしけれ。」(「こそ」の結びは過去の助動詞「けり」の已然形。)

②「願はしかるべきことこそ多かめれ。」(「こそ」の結びは推定の助動詞「めり」の已然形。)

③「人間の種ならぬぞやむごとなき。」(「ぞ」の結びはク活用の形容詞「やむごとなし」の連体形)

④「仏の御教へに違ふらむとぞおぼゆる。」(「ぞ」の結びは下二段活用動詞「おぼゆ」の連体形)

⑤「人は、かたちありさまのすぐれたらむこそ、あらまほしかるべけれ。」(「こそ」の結びは推量の助動詞「べし」の已然形)

⑥「言葉多からぬこそ、飽かずむかはまほしけれ。」(「こそ」の結びは希望の助動詞「まほし」の已然形)

⑦「心劣りせらるる本性見えむこそ、口惜しかるべけれ。」(「こそ」の結びは推量の助動詞「べし」の已然形)

⑧「けおさるるこそ、本意なきわざなれ。」(「こそ」の結びは断定の助動詞「なり」の已然形)

⑨「人の鏡ならむこそいみじかるべけれ。」(「こそ」の結びは推量の助動詞「べし」の已然形)

⑩「下戸ならぬこそ、男はよけれ。」(「こそ」の結びはク活用の形容詞「よし」の已然形)

係助詞「こそ」の結びは已然形となるが、そこで文が終わらずに続く場合は、逆接となることが多い。例えば、

①「品・かたちこそ生れつきたらめ、心はなどか、賢きより賢きにも移さば移らざらむ。」

訳文:家柄や容貌は生まれつき(でどうにもならないもの)であろうが、精神は、賢いのをよりいっそう賢くさせようとするならば、どうして賢くならないことがあろうか。

「こそ」の結びは推量の助動詞「む」の已然形、そこで文が終わらずに続いていき、逆接となっている。

2. 推量の助動詞「らむ」「けむ」「む」

らむ

活用:四段活用型(○・○・らむ・らむ・らめ・○)

接続:活用語の終止形に付く。ただし、ラ変型活用の語には連体形に付く。

意味:

(1) 現在の推量。今ごろは…しているだろう。

(2) 現在の原因の推量。…(のため)だろう。どうして…だろう。

(3) 現在の伝聞・婉曲。…という。…とかいう。…のような。

文章中に出ている例:

①「みづからはいみじと思ふらめど、いと口惜し。」(自分自身ではすばらしいと思っているようだが、(はたから見ると)まったく感心しない。)

②「仏の御教へに違ふらむとぞおぼゆる。」(仏の御教えに背いているであろうと思われる。)

けむ

活用:四段活用型(○・○・けむ・けむ・けめ・○)

接続:活用語の連用形に付く。

意味:

(1) 過去の推量。…ただろう。…だっただろう。

(2) 過去の原因の推量。…たというわけなのだろう。(…というので)…たのだろう。

上に疑問を表す語を伴う。

(3)〔過去の伝聞〕…たという。…たそうだ。

文章中に出ている例:

①「増賀聖の言ひけむやうに」(増賀聖が言ったとかいうように)

む

活用:四段活用型(○・○・む(ん)・む(ん)・め・○))

接続:活用語の未然形に付く。

意味:

(1) 推量。…だろう。…う。

(2) 意志。…(し)よう。…(する)つもりだ。

(3) 仮定・婉曲。…としたら、その…。…のような。連体形を体言や助詞の上に用いる。

(4) 適当・勧誘。…するのがよい。…したらどうだ。…しなさい。

文章中に出ている例:

①「人は、かたちありさまのすぐれたらむこそ、あらまほしかるべけれ。」(人は容貌や姿のすぐれているようなのが、望ましいことであるにちがいない。)

②「心劣りせらるる本性見えむこそ、口惜しかるべけれ。」(予想外に見劣りされる本来の性質をあらわすようなことは、何ともくやしいことだ。)

③「品・かたちこそ生れつきたらめ、心はなどか、賢きより賢きにも移さば移らざらむ。」(家柄や容貌は生まれつきであろうが、精神は、賢いのをよりいっそう賢くさせようとするならば、どうして賢くならないことがあろうか。)

④「人の鏡ならむこそいみじかるべけれ。」(人の模範であるようなのがすばらしいことであろう。)

3.「なむ」の識別

文章中に出ている例:

①「なかなかあらまほしき方もありなむ。」(かえって理想的な点もきっとあるだろう。)

ラ変活用動詞「あり」の連用形に接続しているので、この「なむ」は

(1)〈完了・強意の助動詞「ぬ」の未然形＋推量・意志・婉曲の助動詞「む」〉

接続:活用語の連用形に付く。

また、これを次のようなほかの「なむ」と混同しないこと。

(2) 強意の係助詞「なむ」

接続:体言、活用語の連体形、副詞、助詞などに付く。連用修飾語に付くときは連用形に付く。文末の活用語は連体形で結ぶ。

①「名をば讃岐造となむいひける。」(『竹取物語・かぐや姫の生ひ立ち』)

②「親のあはすれども、聞かでなむありける。」(『伊勢物語・筒井筒』)

(3) 他に対する希望を表す終助詞「なむ」

接続:活用語の未然形に付く。

①「いつしか梅咲かなむ」(早く梅が咲いてほしい。)(『更級日記・梅の立枝』)

(四) 古文常识

1. 貴族社会に生まれた男が願う物事

吉田兼好によると、貴族社会に生まれた男が願う物事は次のようなもの:

(1) 帝の御位は恐れ多い。皇室のご子孫の末裔までが尊い。

(2) 摂政・関白の御有様は立派だ。普通の貴族も、随身をいただく身分はすばらしい。その子や孫までは優美である。

(3) それよりも身分の低い人々は、感心しない。

(4) 僧はうらやましくないが、いちずな世捨て人は、かえって理想的な点もある。

(5) 容貌や姿のすぐれているようなのが、望ましい。

(6) ものをちょっと言って聞き苦しくなく、言葉が多くない人には、ずっと向かい合っていたい。

(7) りっぱだと思っていた人が、予想外に見劣りされる本性が見えると、くやしい。精神は生まれてから後でも賢いものにできる。学識がなくなると、人に圧倒されるのは、残念なこと。

(8) 身につけたいことは、学問、漢詩、和歌、管弦の道、有職、公事。文字が上手で、声がよいこと。酒は飲めないこともないのがよい。

2. 貴族社会の教養

『徒然草』によると、貴族社会の男性にとって必要な教養は次のようなもの:

（1）文の道：学問、特に漢学の道。

（2）作文：漢詩を作ること。貴族社会の男性にとって、漢詩文を作ることが最も必要な教養とされていた。

（3）和歌：漢詩文が第一の教養だとすれば、第二の教養にあたるのが和歌。貴族社会の男性にとって漢詩文と和歌は教養であると同時に、出世の手段でもある。また、和歌を上手に詠めることは男女の出会いの機会にもかかわっていた。

（4）管絃の道：『徒然草』の例でもわかるように、音楽は、貴族にとって必須の教養の一つであった。

（5）有職：朝廷や公家・武家の儀礼・行事・官職などに関する知識。

（6）公事：宮中の儀式・行事。

（7）字が上手。

（8）声がよい。

（9）酒は飲めないこともない。

八 『源氏物語』

（一）作品评鉴

《源氏物语》是成书于平安时代中期的日本长篇物语小说，作品通过对主人公光源氏的恋爱与婚姻、荣华与没落、政治的欲望与权力的斗争等场景的描写，反映了以宫廷生活为中心的平安时代的贵族社会风貌。

作者紫式部是平安时代中期的女性作家、和歌诗人，除了《源氏物语》之外，还著有记录其任宫中女官期间宫廷生活的《紫式部日记》和自选和歌集《紫式部集》，是中古三十六歌仙之一。一般认为，紫式部之名源于《源氏物语》中的女主人公"紫上"以及其父藤原为时曾任的官位"式部丞"。紫式部出身书香门第，家族之中文人众多，其父为时虽官位不高，但擅长和歌，精通汉学，是当时首屈一指的文人。受其影响，紫式部自幼熟读和汉典籍，具备深厚的文学素养。经历了短暂的婚姻生活之后，丧夫寡居的紫式部开始创作《源氏物语》。在此期间，因其出众的才华而被选为宫中女官，出仕藤原道长之女、一条天皇的中宫彰子，为其讲解和汉典籍。其间，继续写作并完成了《源氏物语》。

《源氏物语》以藤原道长执政下平安王朝贵族社会盛极而衰的历史转折期为背景，以优美细腻的笔调详尽描绘了王朝文化最盛时期的宫廷贵族的生活。全书共 54 回，约 100 万字，故事的时间跨度达 70 余年，历经四代天皇之世，出场人物近 500 人，包含和歌近 800 首。无论从作品构思的精巧秀逸、对人物心理刻画的细腻深入、对自然与人事描写的和谐统一，还是从文章的清新优美、审美意识的敏锐灵动，都堪称物语文学的经典之作，常被誉为"古典中的古典"。其中所展现出来的"物哀"（「もののあはれ」）也构成了平安文化一个重要的文学理念与审美理想。这种将外部客观对象与内部主观感受完美结合的细腻哀婉的情调对之后的日本文学乃至日本文化产生了深远影响。《源氏物语》大量吸收了先行文学的诸多遗产，第一次把传奇物语与和歌物语相结合，一方面继承了物语文学的写实传统，另一方面又摒弃了传统物语缺少心理描写的缺点，深入挖掘人物的内心思想感受，推动物语文学在传承中有了新的发展。作品继承了和歌物语的文体特点，行文清新优美，充满了韵文的魅力。而作品中出现的大量和歌，都与情节的发展及人物的心理紧密结合，浑然一体。除此之外，作品根据情节的需要还大量引用日本古典和歌以及包括《白氏文集》在内的汉诗文，使作品在思想性和艺术性上都达到了前人未曾企及的高度。可以说,《源氏物语》不仅是日本文学史上的最高峰,也是世界文学的最高杰作。

按照通行的观点,《源氏物语》一般分为三大部分。第一部分描写了光源氏极尽荣华、伴随着诸多恋爱经历的前半生。第二部分描写了光源氏因爱情生活的挫折而感到人世无常进而萌生出家之念的后半生及其子女的恋爱状况。第三部分描写了光源氏死后其子女的恋爱与人生。全书围绕光源氏这一中心人物展开,情节错综复杂,每章都是近乎独立的短篇,看似结构松散,但各章之间又彼此关联,使整部作品首尾相顾,浑然天成。节选的部分正是小说开篇第一回「桐壶」的开头部分,讲述了故事主人公光源氏的父母桐壶帝与桐壶更衣之间凄婉的爱情故事以及光源氏不同寻常的诞生。

(二) 节选

1

桐壺・光源氏の誕生

（きりつぼ　ひかるげんじ）

原文

いづれの御時にか、女御・更衣あまた侍ひ給ひけるなかに、いとやむごとなき際にはあらぬが、すぐれて時めき給ふありけり。はじめより我はと思ひ上がり給へる御方がた、めざましきものにおとしめ嫉み給ふ。同じほど、それより下臈の更衣たちは、まして安からず、朝夕の宮仕へにつけても、人の心をのみ動かし、恨みを負ふ積もりにやありけむ、いと篤しくなりゆき、もの心細げに里がちなるを、いよいよあかずあはれなるものに思ほして、人のそしりをもえ憚らせ給はず、世のためしにもなりぬべき御もてなしなり。上達部・上人なども、あいなく目を側めつつ、いとまばゆき人の御おぼえなり。唐土にも、かかる事の起こりにこそ、世も乱れ、悪しかりけれと、やうやう天の下にもあぢきなう、人のもてなやみぐさになりて、楊貴妃の例も、引き出でつべくなりゆくに、いとはしたなきこと多かれど、かたじけなき御心ばへのたぐひなきを頼みにてまじらひ給ふ。

父の大納言は亡くなりて、母北の方なむ、いにしへの人の由あるにて、親うち具し、さしあたりて世のおぼえはなやかなる御方がたにもいたう劣らず、なにごとの儀式をももてなし給ひけれど、とりたててはかばかしき後見しなければ、事ある時は、なほ拠り所なく心細げなり。

先の世にも御契りや深かりけむ、世になく清らなる玉の男御子さへ生まれ給ひぬ。いつしかと心もとながらせ給ひて、急ぎ参らせて御覧ずるに、めづらかなる稚児の御容貌なり。

解釈

本文

いづれの御時(おほんとき)にか[1]、女御(にょうご)、更衣(かうい)[2]あまたさぶらひたまひけるなかに[3]、いとやむごとなき際(きは)にはあらぬが[4]、すぐれて時めきたまふありけり[5]。

解説

[1] いづれの御時にか:「御時」は、ご治世の意味。「帝の」が省略されている。係助詞「か」は下に「ありけむ」などの語句が省略された形(結びの省略)。

[2] 女御更衣:いずれも天皇の夫人。女御は中宮に次ぎ、更衣は女御に次ぐ。延喜の代には女御五人、更衣十九人あったという。この物語では、「女御は大臣(従二位)や親王の娘が、「更衣」には大納言(正三位)以下の殿上人以上の娘がなる。

[3] あまたさぶらひたまひけるなかに:「あまた」は「数多く。たくさん。」の意味。「さぶらふ」は「あり」の謙譲語、目上の人のそばに控える、参上する。ここでは帝への敬意を表す。尊敬の補助動詞「たまふ」(四段)は「女御」にあわせて付けられたもの。

[4] いとやむごとなき際にはあらぬが:「やむごとなき」はク活用形容詞「やむごとなし」の連体形。高貴である、身分が高い。「際」は身分。「に」は断定の助動詞「なり」の連用形。「ぬ」は打ち消しの助動詞「ず」の連体形。「…にはあらぬ」は「…ではない」の意。「いと…ぬ」は、「たいして…ではない」の意になる。「が」(格助詞)は主格の意で、以下の「時めきたまふ」の主語となるので、その間に「方」などの語が省略された形。文脈上、「…で」と同格のようになる。

[5] 時めきたまふありけり:「時めき」はカ行四段活用動詞「ときめく」の連用形。帝の寵愛を受けて栄える。ここでは桐壷の更衣のことを指す。尊敬の補助動詞「たまふ」(四段)は桐壺更衣にあわせて付けられたもの。「たまふ」(連体形)の下には、「方」などの語が省略されている。「けり」は

過去の助動詞「けり」の終止形。「ありけり」は「おったという」、桐壺更衣の紹介である。

はじめより[6]我はと思ひ上がりたまへる御方がた[7]、めざましきものにおとしめ嫉みたまふ[8]。

[6] はじめより：入内当初から。

[7] 思ひ上がりたまへる御方がた：「思ひ上がる」は古くは、自惚れる、つけ上がるの意はなく、誇りを高く持って、低俗なるものを排し、より高貴であろうとする意欲を持つ意に用いられた。「給へ」は尊敬の補助動詞「たまふ」(四段)の已然形または命令形。「る」は完了または存続の助動詞「り」の連体形。「御方がた」は女御たちをさす。

[8] めざましきものにおとしめ嫉みたまふ：「めざましき」はシク活用形容詞「めざまし」の連体形。気にくわない。「おとしめ」はマ行下ニ段活用動詞「おとしむ」の連用形。見くだす。さげすむ。尊敬の補助動詞「たまふ」(四段)は「御方がた」にあわせて付けられたもの。目的語は「いとやむごとなき際にはあらぬがすぐれて時めきたまふ」方を。つまり、先輩の女御・更衣たちが、寵愛を受けている更衣を「めざましきもの」としてさげすみ、妬むのである。

同じほど、それより下臈（げらふ）の更衣たち[9]は、ましてやすからず[10]。

[9] 同じほど、それより下臈の更衣たち：「下臈」は修行年数の少ない、地位の低い僧を指す。転じて地位の低い人。これによると、この物語の女主人公は中臈以上の更衣と知られる。

[10] ましてやすからず：「やすからず」は「心中穏やかでない」の意。「まして」はその度合についていう。女御たちのような寵愛を期待できないから、それ以上に心穏やかでない。

朝夕の宮仕へにつけても[11]、人の心をのみ動かし、恨みを負ふ積もり[12]にやありけむ[13]、いと篤（あつ）しく[14]なりゆき、もの心細げに里がちなる[15]を、いよいよあかずあは

[11] 朝夕の宮仕へにつけても：帝の寝所に侍ること。

[12] 人の心をのみ動かし、恨みを負ふ積もり：(女御、更衣たちの)心をのみ動かし、怨みを受けることが積もったせいであろう。「負ふ」(四段活用動詞の連体形)＋「積もり」(名詞)。「恨みを負う

れなるものに思(おも)ほして[16]、人のそしりをもえ憚らせたまはず[17]、世のためし[18]にもなりぬべき[19]御もてなしなり。

上達部(かむだちめ)、上人(うへびと)[20]なども、あいなく目を側(そば)めつつ[21]、「いとまばゆき[22]人の御おぼえなり。

ことが、積もり積もった」という意。

[13] にやありけむ:「に」は断定の助動詞「なり」の連用形。「や」は疑問の係助詞。「けむ」は過去推量の助動詞「けむ」の連体形。「積もり積もったのであろうか」と推量する人は、語り手。

[14] 篤しく:シク活用形容詞「あつし」の連用形。病気が重い。病気がちである。

[15] 里がちなる:ナリ活用形容動詞「里がちなり」の連体形。(宮仕えの女性などが)実家に帰っていることが多い。

[16] いよいよあかずあはれなるものに思ほして:「あかず」は「いやになることなく」「飽きることがない」の意。「あはれなる」はナリ活用形容動詞「あはれなり」の連体形。心の中からしみじみとわき上がってくる、うれしい、悲しい、楽しいといったさまざまな深い感動・感情を表す。「思ほす」は「思ふ」の尊敬語。主語は帝。

[17] 人のそしりをもえ憚らせたまはず:「そしり」は悪口、の意。副詞「え」は下に打消の語を伴って、不可能の意を表す。…することができない。「せたまはず」は帝に対して用いられた最高敬語。

[18] 世のためし:後世の人々の語りぐさ。前例。

[19] なりぬべき:「ぬ」(完了の助動詞、確述)+「べし」(推量の助動詞、推量)、「きっとなってしまいそうな」の意。

[20] 上達部、上人:「上達部」は大臣・大中納言・参議および三位以上の人。「上人」は殿上人のことで、四位・五位の人の中で、清涼殿の「殿上の間(マ)」に昇ることを許された人。蔵人(クロウド)は六位でも許された。

[21] あいなく目を側めつつ:「あいなく」はク活用形容詞「あいなし」の連用形。本来、何の関係もないのに、の意。ここでは、語り手が上達部・上人

唐土(もろこし)にも、かかる事の起こりにこそ、世も乱れ、悪しかりけれ[23]」と、やうやう天の下にもあぢきなう[24]、人のもてなやみぐさ[25]になりて、楊貴妃の例も引き出でつべく[26]なりゆくに[27]、いとはしたなき[28]こと多(おほ)かれど、かたじけなき御心(みこころ)ばへのたぐひなきを[29]頼みにてまじらひたまふ[30]。

などの態度に、あらずもがなの困ったことだとする感想が交えられた表現。あるべき筋から外れている。けしならぬことである。「目を側め」は、横目でちらりと注視したり、あるいは目を逸らしたり、の意。

[22] いとまばゆき人の御おぼえなり：以下「悪しかりけれ」まで、上達部や殿上人の噂。「まばゆき」はク活用形容詞「まばゆし」の連体形。度が過ぎて見ていられない。「おぼえ」は寵愛、つまり、目上の人からよく思われること、かわいがられること。

[23] 唐土にもかかる事の起こりにこそ世も乱れ悪しかりけれ：中国の唐の玄宗皇帝と楊貴妃との故事を指摘。「あしかり」はシク活用形容詞「悪し」の連用形。具合が悪い。不都合である。「けれ」は過去の助動詞「けり」の已然形。「こそ…けれ」が係り結びとなっている。

[24] あぢきなう：ク活用形容詞「あぢきなし」の連用形のウ音便。道理に合わない、まともでない。

[25] もてなやみぐさ：悩みの種。

[26] 引き出でつべく：きっと引き合いに出されそうに。「引き出で」はダ行下二段活用動詞「引き出づ」の連用形。「つ」は完了・確述の助動詞「つ」の終止形。「べく」推量の助動詞「べし」の連用形。「つ」+「べし」、「きっと…だろう」「…してしまうに違いない」の意。

[27] なりゆくに：「なりゆく」はカ行四段活用動詞「なりゆく」の連体形。「に」は接続助詞。ので。ために。

[28] はしたなき：ク活用形容詞「はしたなし」の連体形。きまりが悪い。居たたまれない。

[29] かたじけなき御心ばへのたぐひなきを：「かたじけなき御心ばへ」と「たぐひなき(御心ばへ)を」は同格の構文。「かたじけなき」はク活用形容詞「かたじけなし」の連体形。ありがたい、もったいない。「心ばへ」は心遣い、配慮。

父の大納言は亡くなりて、母北の方なむいにしへの人のよしあるにて[31]、親うち具し[32]、さしあたりて世のおぼえはなやかなる御方がた[33]にもいたう劣らず[34]、なにごとの儀式をももてなしたまひけれど[35]、とりたててはかばかしき後見しなければ[36]、事ある時は、なほ拠り所なく心細げなり。

[30] まじらひたまふ:「まじらひ」はハ行四段活用動詞「まじらふ」の連用形。仲間に加わる。交際する。平安時代では、特に、宮仕えや公的活動にいう。ここでは、帝の妃としての朝晩のお側仕え、他の女御更衣たちや廷臣たちとの社交生活をさす。「たまふ」は尊敬の補助動詞。

[31] 母北の方なむいにしへの人のよしあるにて:「北の方」は夫人、奥方。寝殿造りで、北の対(タイ)の屋(ヤ)に住んだことから、貴族階級の人の妻の尊敬語。ここでは、この更衣の母を指す。「よしある」は「よしあり」の連体形。由緒がある。わけがある。桐壷更衣の母親は、由緒ある旧家の出身で、教養が深い人。「いにしへの人のよしあるにて」は「いにしへの人のよしある(人)にて」の文脈で「にしへの人」と「よしある(人)」は同格の構文。「にて」は連語、…で、…であって、の意。

[32] 親うち具す:両親がそろっている。

[33] 世のおぼえはなやかなる御方がた:「世のおぼえ」は世間の評判、の意。「はなやかなる」はナリ活用形容動詞「はなやかなり」の連体形。(勢いが)きわだって盛んだ。栄えている。「御方がた」は(現在世間の評判がきわだって盛んな)他の女御や更衣。

[34] いたう劣らず:「いたう」は副詞「いたく」のウ音便。下に打消、または禁止の語を伴って、それほど、たいして、の意を表す。

[35] もてなしたまひけれど:「もてなし」はサ行四段活用動詞「もてなす」の連用形。取り計らう、物事を執り行う。「たまひ」は尊敬の補助動詞「たまふ」の連用形。「けれ」は過去の助動詞「けり」の已然形。「ど」は逆接の接続助詞。「母北の方」の後に係助詞「なむ」があるので、本来は連体形の「もてなし給ひける」で結ぶはずだが、接続助詞「ど」により文が終了していないため、結びの消滅(流れ)となる。

[36] はかばかしき後見しなければ：これといってしっかりしている後見人がいないので。「はかばかしき」はシク活用形容詞「はかばかし」の連体形。しっかりしている、頼もしい。副助詞「し」は強調の意。「なけれ」はク活用形容詞「なし」の已然形。接続助詞「ば」は順接の確定条件を表す。ので。

先(さき)の世にも御契りや深かりけむ[37]、世になく清らなる玉の男御子(をのこみこ)さへ生まれたまひぬ[38]。

[37] 先の世にも御契りや深かりけむ：「や」は疑問の係助詞、「けむ」は過去原因推量の助動詞「けむ」の連体形、「…や…けむ」が係り結びとなっている。疑問の主体者は語り手。

[38] 玉の男御子さへ生まれたまひぬ：「玉」は当時の最高の美的形容。また「魂」とも通じて呪術的な霊力をもった意味もこめられている。「男御子」は皇子、親王。副助詞「さへ」は語り手の驚嘆が言い込められた表現。「生まれ」はラ行下二段活用動詞「生まる」の連用形。「たまひ」は尊敬の補助動詞「たまふ」の連用形。「ぬ」は完了の助動詞「ぬ」の終止形。

いつしかと心もとながらせたまひて[39]、急ぎ参らせて御覧ずるに[40]、めづらかなる稚児(ちご)の御容貌(かたち)なり[41]。

[39] いつしかと心もとながらせたまひて：主語は帝。「いつしか」は代名詞「いつ」を強めた語、これから起こることを待ち望む気持ちを表す。「心もとながら」はラ行四段活用動詞「心もとながる」の未然形。待ち遠しく思う。じれったく思う。不安に思う。「せたまひ」は帝に対して用いられた最高敬語「せたまふ」の連用形。

[40] 急ぎ参らせて御覧ずるに：「参らせ」はラ行四段活用動詞「参る」の未然形＋使役の助動詞「す」の連用形。「御覧ずる」はサ行変格活用動詞「ご覧ず」の連体形。「に」は接続助詞。…ところ。…と。

[41] めづらかなる稚児の御容貌なり：「めづらかなる」はナリ活用形容動詞「めづらかなり」の連体形。めったにない。「なり」は断定の助動詞の終止形。

译文

原文

いづれの御時にか、女御、更衣あまたさぶらひたまひけるなかに、いとやむごとなき際にはあらぬが、すぐれて時めきたまふありけり。

はじめより我はと思ひ上がりたまへる御方がた、めざましきものにおとしめ嫉みたまふ。同じほど、それより下臈の更衣たちは、ましてやすからず。朝夕の宮仕へにつけても、人の心をのみ動かし、恨みを負ふ積もりにやありけむ、いと篤しくなりゆき、もの心細げに里がちなるを、いよいよあかずあはれなるものに思ほして、人のそしりをもえ憚らせたまはず、世のためしにもなりぬべき御もてなしなり。

上達部、上人なども、あいなく目を側めつつ、「いとまばゆき人の御おぼえなり。唐土にも、かかる事の起こりにこそ、世も乱れ、悪しかりけれ」と、やうやう天の下にもあぢきなう、人のもてなやみぐさになりて、楊貴妃の例も引き出でつべくなりゆくに、いとはしたなきこと多かれど、かたじけなき御心ばへのたぐひなきを頼みにてまじらひたまふ。

父の大納言は亡くなりて、母北の方なむいにしへの人のよしあるにて、親うち具し、さしあたりて世のおぼえはなやかなる御方がたにも

現代日本語訳

どの帝の御世であったか、女御や更衣が大勢お仕えなさっていた中に、たいして高貴な身分ではない方で、きわだって帝の御寵愛を集めていらっしゃる方があった。

入内した初めから、自分こそはと気位の高い女御の方々は、分不相応な者だと見くだしたり嫉んだりなさっている。同じ身分やその方より低い身分の更衣たちは、女御たち以上に心が穏やかではない。朝晩のお仕えにつけても、周囲に不快な思いをさせて、嫉妬を受けることが積もり積もったせいであろうか、ひどく病気がちになってしまい、どこか心細げにして里に下がっていることが多いのを、帝はますますこの上なく不憫なことだとお思いになられて、誰の非難(寵愛する妃の悪口)をもお構いなさることがなく、後世の語り草になりそうなほどの扱いようである。

上達部・殿上人なども、その状況を横目で見ていて、とても眩しくて見ていられないほどの御寵愛ぶりである。中国の唐でも、このようなことが原因となって、国が乱れ、悪くなったのだと、次第に国中でも困ったことだと言われるようになり、人々が持て余す悩みごとの種となって、(玄宗皇帝を魅了した)楊貴妃の例まで引き合いに出されそうになっていくので、非常にいたたまれないことが多くなっていくが、もったいないほどの帝のお気持ちに類例がないこと(自分を非常に大切にし愛してくれること)を頼みにして何とか宮仕え(後宮生活)をしていらっしゃるのである。

父親の大納言は亡くなって、母親の北の方が古い家柄の出身で教養のある人であって、両親とも揃っていて、今現在の華やかな身分にある方々に

いたう劣らず、なにごとの儀式をももてなしたまひけれど、とりたててはかばかしき後見しなければ、事ある時は、なほ拠り所なく心細げなり。

先の世にも御契りや深かりけむ、世になく清らなる玉の男御子さへ生まれたまひぬ。いつしかと心もとながらせたまひて、急ぎ参らせて御覧ずるに、めづらかなる稚児の御容貌なり。

も見劣りしない程度に、どのような儀式にも対処なさっていたが、これといったしっかりとした後見人(後ろ盾)がいないので、大事な儀式が行われる時には、やはり頼りとする人もなくて心細い様子である。

前世でも深いお約束(縁)があったのだろうか。この世にまたとないほどに美しい玉のように光り輝く男の御子までがお生まれになった。早く早くと待ち遠しくお思いになられて、急いで宮中に参内させて御子を御覧あそばすと、類稀な若宮のお顔だちの良さである。

(三)重点语法

1. 結びの流れ・結びの省略

文章中に出でいる「結びの流れ」の例:

①「母北の方なむ、いにしへの人の由あるにて、親うち具し、さしあたりて世のおぼえ花やかなる御方がたにもいたう劣らず、なにごとの儀式をももてなし給ひけれど」

「母北の方」の後に係助詞「なむ」があるので、本来は連体形の「もてなし給ひける」で結ぶはずだが、接続助詞「ど」により文が終了していないため、結びの流れ(消滅)となる。

文章中に出ている「結びの省略」の例:

①「いづれの御時にか」

「にか」の後に「ありけむ」などの文節が省略されていると考えられる。

2. 本文に出ている敬語の一覧

語	敬語の種類	動作主	敬意の主体(誰からの敬意か)	敬意の対象(誰に対する敬意か)
①「女御・更衣あまた侍ひ給ひけるなかに」				
侍ひ	謙譲の本動詞	女御・更衣	作者	帝
給ひ	尊敬の補助動詞	女御・更衣	作者	女御・更衣
②「すぐれて時めき給ふありけり」				
給ふ	尊敬の補助動詞	桐壷更衣	作者	桐壷更衣
③「はじめより我はと思ひ上がり給へる御方がた」				
給へ	尊敬の補助動詞	御方がた	作者	御方がた

续表

語	敬語の種類	動作主	敬意の主体（誰からの敬意か）	敬意の対象（誰に対する敬意か）
④「めざましきものにおとしめ嫉み給ふ。」				
給ふ	尊敬の補助動詞	御方がた	作者	御方がた
⑤「いよいよあかずあはれなるものに思ほして」				
思ほし	尊敬の本動詞	帝	作者	帝
⑥「人のそしりをもえ憚らせ給はず」				
せ給は	尊敬の助動詞＋ 尊敬の補助動詞 （最高敬語）	帝	作者	帝
⑦「御心ばへのたぐひなきを頼みにてまじらひ給ふ。」				
給ふ	尊敬の補助動詞	桐壷更衣	作者	桐壷更衣
⑧「なにごとの儀式をももてなし給ひけれど」				
給ひ	尊敬の補助動詞	母北の方	作者	母北の方
⑨「玉の男御子さへ生まれ給ひぬ。」				
給ひ	尊敬の補助動詞	男御子（光源氏）	作者	男御子（光源氏）
⑩「いつしかと心もとながらせ給ひて」				
せ給ひ	尊敬の助動詞＋ 尊敬の補助動詞 （最高敬語）	帝	作者	帝
⑪「急ぎ参らせて御覧ずるに」				
参ら	謙譲の本動詞	桐壷更衣	作者	帝
御覧ずる	尊敬の本動詞	帝	作者	帝

3. 二方面の敬語

一つの動作に謙譲語と尊敬語とを使って同時に二方面に敬意を表すことがある。つまり、謙譲語で動作の対象（目的語）に敬意を払い、尊敬語で動作主（主語）に敬意を払う。この場合、必ず①謙譲語②尊敬語の順番で使われる。

例えば、「女御・更衣あまた侍ひ給ひけるなかに」（女御や更衣がたくさんお仕えなさっていたなかに。）

「侍ひ給ひ」の動作主（主語）は女御・更衣、動作の対象（目的語）は帝であり、

「侍ひ」：作者から帝（動作の対象）に対する敬意

「給ひ」：作者から女御・更衣（動作主）に対する敬意

というように、その動作を受ける人と、動作をする人を同時に敬意を表している。

(四) 古文常识

1. もののあはれ

本居宣長が「玉の小櫛(オグシ)」で「源氏物語」の本質を規定するために用いた語であり、平安朝の文学・文芸理念の一つとされる。「もの」は対象客観を示し、「あわれ」は感動主観を示す語。「もの」にふれて起こる感動の調和された優美で情趣的な世界、およびそれを受け止める観照的態度をいう。

「あはれ」は古く記紀の歌謡などから感動を表す語として用いられているが、しだいに美意識も表すようになる。平安時代には調和のとれた美に感動することが多くなり、その場合しめやかな情緒を伴い、独特の優美な情趣の世界を形成するようになって、理念化されたとみられる。同じ時代の「をかし」と比べると、優美にかかわる点など類似した面をもつ一方、「をかし」の明るい性質に対して「あはれ」は哀感を伴う点など異なるところがある。「もののあはれ」も、こういう当時の「あはれ」と内容はほぼ同様であるが、「ものの」は「あはれ」の引き起こされる契機を示すのであろう。

2. 古典によく登場する官職と位階

平安時代の貴族の身分を決めるのは「官職」と「位階」である。律令制によると、諸臣は正一位から少初位下(ショウソイゲ)の三階(一位から三位は正従各二階、四位から八位は正従をそれぞれ上下に分け各四階、初位は大少を上下に分け四階)が定められた。また、五位以下には内位と外位(ゲイ)の別がある。位階は功労に応じて昇進があり,位階に対応した官職に就くことを原則とした。

貴族の位階に対応した官職は次のようである。

<table>
<tr><th>位階</th><th>官職</th><th colspan="2">備考</th></tr>
<tr><td>正一位・
従一位</td><td>太政大臣</td><td>摂政や関白の任を受け持ったのは、太政大臣や左大臣、右大臣の位にいる人達。</td><td rowspan="4">三位以上の人、および四位の参議を上達部(カンダチメ)・公卿(クギョウ)と呼ぶ。いわゆる上流貴族である。</td></tr>
<tr><td>正二位・
従二位</td><td>左大臣・右大臣・
中大臣</td><td></td></tr>
<tr><td>正三位</td><td>大納言</td><td></td></tr>
<tr><td>従三位</td><td>中納言</td><td></td></tr>
</table>

续表

<table>
<tr><th>位階</th><th>官職</th><th>備考</th></tr>
<tr><td>正四位</td><td></td><td rowspan="4">天皇側近の用事や宿直を勤める四位・五位の人および六位の蔵人を殿上人(テンジョウビト)と呼ぶ。これらの人達は、天皇の常御殿の清涼殿に昇殿を許される。いわゆる中流貴族である。</td></tr>
<tr><td>従四位</td><td>左大弁・右大弁</td></tr>
<tr><td>正五位</td><td>左中弁・右中弁・左少弁・右少弁</td></tr>
<tr><td>従五位</td><td>少納言</td></tr>
<tr><td colspan="3">ふつう、「蔵人」を除く六位以下の者を地下(ジゲ)と呼ぶ。昇殿を許されるのを常例とする公卿と、四位以下で昇殿を許された廷臣すなわち殿上人とに対立する呼び名で、昇殿を許されないいわゆる下流貴族を指す。</td></tr>
</table>

この物語では、「女御」は大臣(従二位)や親王の娘が、「更衣」には大納言(正三位)以下の殿上人(昇殿を許された四位・五位及び六位蔵人)以上の娘がなる。桐壺更衣の家系は、父親が大納言、正三位相当。しかし既に没している。

3. 天皇の后(キサキ)

律令(リツリョウ)の規定によるもの:

皇后(コウゴウ):令制(リョウセイ)では、内親王が立つことを原則としたが、光明(コウミョウ)皇后以後は、ほとんどの皇后が臣下(すべて藤原氏)から立つこととなった。

妃(ヒ・キサキ):2名以内、四品以上の内親王。

夫人(ブニン・オオトジ):3名以内、三位以上(公卿)の娘。

嬪(ヒン・ミメ):4名以内、五位以上(貴族または豪族)の娘。

平安時代以後に生じた呼称:

中宮(チュウグウ):律令制で、三后(皇后・太皇太后・皇太后)の称。平安中期から南北朝時代にかけて、皇后以外で、皇后と同じ資格を持つ天皇の妃を指す。一条天皇のとき、それまで中宮であった藤原定子(フジワラノテイシ)を「皇后」とし、あらたに入内(ジュダイ)した藤原彰子(ショウシ)を「中宮」として、二人の后を並立するようにしたことから始まる。

女御(ニョウゴ):「皇后」「中宮」の下位で、「更衣」の上位にある妃の格。摂関・大臣の娘から出るのがふつう、人数は不定。平安中期以降，女御から皇后を立てるのが例となった。

更衣(コウイ):「女御」の下に位する女官の一つ。もと天皇の衣がえをつかさどったが，のち天皇の御寝に奉仕した。納言(なごん)以下の家柄の女子から選ばれる。

御息所(ミヤスンドコロ):天皇の寝所に侍する宮女であり、女御・更衣もいうが、公称である女御・更衣に対してそれ以下の天皇の寵愛を受けた宮女を広くさす。平安後期以降、もっぱら皇太子や親王の妃の称となった。

御匣殿(ミクシゲドノ):本来は「御匣殿」詰めの女官であったが、後に天皇の寝室にも奉仕して更衣に次ぐ地位の配偶者に改められた。その最上位のものは「別当」と称し、後に女御に昇る予定の女性がまず御匣殿別当に就くこともあった。

尚侍(ナイシノカミ・シャウジ):令制で、「内侍(ナイシ)の司(ツカサ)」の長官である女官であったが、後に、女御・更衣に準ずる地位となって、大臣の娘が任命されることが多かった。

典侍(ナイシノスケ・テンジ):令制で、「内侍の司の次官である女官であり、公卿・殿上人などの娘が任じられた。

参考文献

[1] 堀内秀晃，秋山虔. 新日本古典文学大系 17・竹取物語　伊勢物語[M]. 東京：岩波書店，1997

[2] 柳井滋，室伏信助，大朝雄二等. 新日本古典文学大系 19・源氏物語 1[M]. 東京：岩波書店，1993

[3] 渡辺実. 新日本古典文学大系 25・枕草子[M]. 東京：岩波書店，1991

[4] 佐竹昭広，久保田淳. 新日本古典文学大系 39・方丈記　徒然草[M]. 東京：岩波書店，1989

[5] 梶原正昭，山下宏明. 新日本古典文学大系 44・平家物語　上[M]. 東京：岩波書店，1991

[6] 井本農一，村松友次，久富哲雄等. 新編日本古典文学全集 71・松尾芭蕉集 2[M]. 東京：小学館，1997

[7] 岩波書店編集部. 日本古典のすすめ[M]. 東京：岩波書店，2001

[8] 山岸徳平. 日本文学史概説〈古典編〉[M]. 東京：有精堂，1976

[9] 吉田精一. 日本文学鑑賞辞典〈古典編〉[K]. 東京：東京堂出版，1960

[10] 伊藤博美，井島正博. 詳説古典文法[M]. 東京：筑摩書房，2012

[11] 佐伯梅友. 古文読解のための文法[M]. 東京：ちくま学芸文庫，2019

[12] 大野晋，佐竹昭広，前田金五郎. 古語辞典(補訂版)[K]. 東京：岩波書店，1990

[13] 秋山虔，渡辺実. 詳説古語辞典[K]. 東京：三省堂，1999

[14] 日本大百科全書ニッポニカ[K]. 東京：小学館，1993 年

[15] 吕永清. 日本文言语法详论[M]. 北京：商务印书馆，1987

[16] 马斌编. 日本文言文法入门[M]. 北京：北京大学出版社，1985

[17] 叶渭渠，唐月梅. 日本文学史・古代卷(上、下)[M]. 北京：昆仑出版社，2004

[18] 叶渭渠，唐月梅. 日本文学史・近古卷(上、下)[M]. 北京：昆仑出版社，2004